U0458933

黑白世界

（长篇小说）

岳 峻 著

山西出版传媒集团

山西人民出版社

图书在版编目（CIP）数据

黑白世界／岳峻著．--太原：山西人民出版社，
2019.10
ISBN 978-7-203-10900-6

Ⅰ.①黑…　Ⅱ.①岳…　Ⅲ.①长篇小说—中国—当代
Ⅳ.①I247.5

中国版本图书馆 CIP 数据核字（2019）第 216090 号

黑白世界

著　　者：岳　峻
责任编辑：魏　红
复　　审：吕绘元
终　　审：姚　军
装帧设计：张慧兵

出 版 者：山西出版传媒集团·山西人民出版社
地　　址：太原市建设南路21号
邮　　编：030012
发行营销：0351-4922220　4955996　4956039　4922127（传真）
天猫官网：https://sxrmcbs.tmall.com　电话：0351-4922159
E - mail：sxskcb@163.com　发行部
　　　　　sxskcb@126.com　总编室
网　　址：www.sxskcb.com

经 销 者：山西出版传媒集团·山西人民出版社
承 印 厂：山西出版传媒集团·山西人民印刷有限责任公司

开　　本：889mm×1194mm　　1/32
印　　张：7.875
字　　数：180 千字
印　　数：1—2000 册
版　　次：2019 年 10 月　第 1 版
印　　次：2019 年 10 月　第 1 次印刷
书　　号：ISBN 978-7-203-10900-6
定　　价：48.00 元

如有印装质量问题请与本社联系调换

围棋，上苍赐予人类智慧的一种结晶。

一次，与朋友对弈，他说："我从事纪检工作三十多年，有个发现：围棋爱好者很少有在政治、经济、生活作风方面犯错的。为啥？因为这些人把好多心思都用在了棋上。"妙哉斯言。

目录/CONTENTS

第一章　"二把刀"围棋赛

国庆中秋节期间，鱼城市围棋协会在旅游景点官道沟举办了一次围棋比赛，这项赛事的名称也怪有意思，"二把刀"围棋赛。

但凡下棋的人大多以为自己了不起，个个身怀绝技，天下第一。不是将帅就是司令，手握着生杀予夺的大权，叫你今夜死不得到五更。别人都是软柿子，吃不住个捏。

这次报名参加比赛的，都是些敢于承认自己是"二把刀"的人物：鱼城市围棋协会主席赵大雷，老记者唐尔黄，企业家赵和玉，市围棋协会前主席、武装部退休干部陈亚军，大儒书店的老板张君……

虽说这些人的棋艺一般，可他们曾为鱼城市围棋事业的发展壮大发挥过不小的作用。凭着一张张老脸，鱼城围棋界的那些后起之秀也得买账。那些年轻人跑腿的跑腿，搬椅子的搬椅子，倒茶的倒茶……忙得不亦乐乎，心里服服帖帖。

一天上午，赵大雷拿起手机和官道沟旅游景点的白老板联系了一下。以前，他俩是生意场上摸爬滚打的朋友，平时有空又都喜欢下围棋。

听说市围棋协会想在官道沟举办围棋赛，白老板高兴得咧开了嘴巴："举办围棋赛？没问题，赵主席。场所、吃饭我包啦。你们热热闹闹地比赛，也捎带着给我这儿也做了广告。来吧，欢迎！"

……

见白老板这么爽快，赵大雷就在围棋棋友微信群里发了个通知：

> 各位棋友，想参加"二把刀"比赛的，快点报名，过期不候。比赛时间定于 10 月 4 日，地点在官道沟非遗展馆。冠军奖品，价值一千元的钓鱼票。亚军五百元，季军三百元。此外，前十六名的，一百元的钓鱼票。凡参加者皆有运动服一件。哎，顺便说一下，官道沟钓鱼场的大鲤鱼可不错呦！我吃过，那里的鱼也好钓。

充满诱惑力的微信一发，平时那些在群里潜水的都被钓得冒气泡。

李一刀：嘿，我参加。

跑冒滴漏：好事啊，我报名。

抱住亲一口：哎，提醒一下，实力强的可不敢冒充二把刀啊！要不我没戏。

　　虬髯客：是不是二把刀无所谓！人越多点越热闹。

　　抱住亲一口：像马教练、武教练、田教练……他们冒充二把刀，咋办？

　　李一刀：管他呐！来了就给他们一刀！反正没压力，说不定能干掉一两个。前年赵老头不是就干掉了市亚军？嘿，他们两人差几个段位呐！

　　虬髯客：也是。不过，他们领鱼票，咱拿件运动服也行。

　　……

　　撵起鸟儿呼啦啦飞。时间不长，二把刀不二把刀的，一下就报了65个。

　　光头强（赵大雷）：哈哈，不错。咱还以为没人报名，这下好了，开张。发个红包（50元），鼓励一下。

　　扔了一把鱼食，鱼儿都蹦到了水面，一顿抢吃。几秒钟的工夫，红包就被掏空了瓢。

　　虬髯客：光头强，希望这受欢迎的事，隔三岔五发生些。我抢了三块二，够几两油。

　　光头强：果酱啦！

　　不圪蹴（田教练）：嗯？一有红包都积极呀！我没抢上。光头强，搞啥突然袭击？

说起来，这次"二把刀"围棋赛，是老记者唐尔黄和市企业家赵和玉干嘴仗引起的。

　　国庆节前夕，唐尔黄心想快放假啦，好长时间也没跟赵和玉下盘棋，他打手机没人接，就发了条微信：

　　　　赵总好，国庆中秋快乐！近来忙乎些啥？好些时日没切磋了，没觉得少了点什么？刚才打电话未通，不知是忙，还是不敢接电话？赵总，你是个十分有毅力、有后劲的棋手。总的来说，你提升的空间还很大。围棋带来的乐趣，圈外人无法领略。假期将临，有空的话，切磋一番如何？胜负事小，只是与你老人家对弈才有激情，就像老汉骑着毛驴，自己肩膀上再扛着个面袋，傻、累且有趣。希望你不要再提什么正在北京吃烤鸭之类的话，烤鸭吃多了宜发胖……

　　赵和玉的儿子在北京上班。有时，棋友约他下盘棋，他断不了这样炫耀："我嘛，正在北京吃烤鸭呐。"

　　隔了一会儿，赵和玉回复了微信：

　　　　谢谢夸奖！你的提升空间才更大呐。原先和糠萝卜做买卖的那小伙子不是超过小马了？你再努把力，尽快把你马师傅干掉，到那时，还真对你刮目相看了。否则，只能是屎巴牛变臭虫。哈哈哈。

　　　　赵总，别光哈哈而回避实质性的话题。你提升的空间确实很大，故需继续努力，争取把棋艺练到炉火纯青，别说小马武教练，就是不糠的萝卜，你也能不费吹灰之力拿下，赢我点小钱还不是手到擒来？唉。只是为老兄感到遗憾，一赢棋就手舞足蹈，发表宏论滔滔不绝，如大江东去；一输棋则叫嚷：回高老庄呀，不下啦！像猪八戒，让妖怪欺负了一回就撂耙子，没点出息。要不，就嚷嚷着到北京吃烤鸭去。赵总，咱啥人？堂堂的赵总呀，鱼城有名的企业家。想当年咳嗽一声，嗨嗨，挂车厂那一带的人们还以为有二级地震。输盘棋算啥？脑袋掉了碗大个疤。希望你振作起来，迎接新的生活与挑战。只有敢于迎接挑战，生活才充实，才有滋有味，是吧？绕了一大圈，书归正传，放假期间有无时间下棋？你实在想赢，故意输给你两盘，满足赵总之宏大愿望。别的事咱人微言轻办不到，输棋这事好说，小菜一碟。哪天有空你吭声，然后大战三百回合，不让你开壶。哈，祝好。

下棋的，大多不想让别人说自己还有提升的空间。"空间很大"的潜台词，就是绕着弯儿说别人臭棋篓子。

唐尔黄本来想用这方法激将一下赵和玉。谁知这老头抱着个想法，不管天塌龙叫唤，不下就是不下，你奈我何？仿佛那个钻在床底下，对外面手拿鸡毛掸子威风凛凛的妻子大吼一声："男子汉大丈夫，说不出去就不出去！你能咋？"

不一会儿，微信群里跳出几行字："刚才躺沙发上看书，不知咋的就睡觉了。今延误约战棋赛一事，情理之中。待本将回复三天后，定与你挑战数十回合，并将你挑落马下。请你备好战车，披好盔甲，4号后接战，哈哈。"

　　"嗯？"微信群里蹦出了赵总的回复。不过，此赵总非彼赵总也。

　　此赵总乃鱼城围棋协会主席赵大雷也。他开办着一家印刷公司，多年来闯荡商海。刚才，在沙发上迷糊了一会儿，迷迷瞪瞪地打开手机一看，发现小歇片刻工夫，有人居然下了战书。他一激灵，睁大眼睛往前翻看微信，闹了半天才明白，原来唐尔黄是跟挂车厂退休的老总赵和玉叫板，不觉哑然失笑。他想了想，便回复了一段绕口令给自己圆场：

　　　　老老赵的老对手约战老老赵，
　　　　小老赵误以为约战小老赵。
　　　　原因是老老赵棋艺不如小老赵，
　　　　所以老老赵的对手才约战老老赵。
　　　　如果老老赵的对手约战小老赵，
　　　　老老赵的对手必定输给小老赵。

　　哟！看来，这小老赵至今还没咽下那口气。在此之前，鱼城市直单位举办过一次比赛围棋。那次比赛中，唐尔黄得了第四名，赵大雷第五，虽都进入了前八名，也都掉在前三甲之后。在角夺第四名的比赛中，唐尔黄赢了赵大雷。赛完之后，赵大雷还有点不服气，非要拧住唐尔黄再来盘赛外赛，结果还是败北。

　　唐尔黄问道："服气了？"

　　"服气了。"

　　今天见赵大雷这口气，显然是有备而来，想报那一箭之仇。

唐尔黄回复：

> 绕口令绕得到北京要从新疆绕，
> 绕来绕去想把唐某绕。
> 哈哈，不管是老老赵还是小老赵，
> 两条鱼儿想试试宰鱼的刀。
> 是公是母，
> 咱4号下午见分晓！

说起来，这官道沟原是古代大西北乃至鱼城一带通往娘子关、北京大道旁的一个繁华驿站。

唐代时，这里曾来过大文豪韩愈。时任兵部侍郎的韩愈远赴镇州宣慰乱军，途经官道沟时已是夜幕低垂，便在官道沟歇息。长途跋涉，鞍马劳顿，韩侍郎饥渴交加，急令驿站摆饭果腹。

驿丞上茶后，发愁拿啥伺候兵部侍郎，忽然看见中午烧烙饼剩下的面团，急中生智，便用面团包上糖馅，用鏊子精心烤制，随即端上。

韩侍郎品尝美食后，问驿丞这是什么点心？

驿丞随机应变，称："专为大人饮茶而制。"

韩侍郎听后脱口而出："噢，茶食。"对此大加赞赏，留诗一首：

> 风光欲动别长安，
> 春半城边特地寒。
> 不见园花兼巷柳，

马前唯有月团团。

当年的官道沟，凭着韩愈这首诗的捧场，熙来攘往的旅客都想尝尝茶食的美味，官道沟驿站愈发红火起来。

时光荏苒，后来由于又开辟了其他的道路，官道沟逐渐被南来北往的人们冷落。

直至前几年，鱼城的白老板慧眼识珠，投资三亿多元，把官道沟重新梳妆打扮一番，让这个古老驿站焕发出新的风采。

方圆几百里的人们，在闲暇时扶老携幼前来观赏风景，品尝美味。

书归正传。10 月 4 日这天正好是中秋节。

官道沟本来就是游人如织的地方，再增加六七十个围棋爱好者也不在话下，就像锅里的水咕嘟咕嘟开了，再添几勺凉水下去，马上被化得无踪无影。倒是官道沟非遗会展中心门楣上面的条幅夺人眼球：

鱼城市首届"二把刀"围棋比赛

大门两旁挂着一副对联：

鱼城赛围棋围棋乃国粹国粹不是二把刀
枰上话手谈手谈系论道论道皆有半桶墨

看着这副对联，前来参赛的棋手们忍俊不禁，大家你看看我我瞧瞧你，闹了半天，原来咱都是乌鸦落在黑毛猪的身上，一样的黑不溜秋，谁也别笑话谁，不是二把刀，就是半桶墨。

二把刀就二把刀吧，半桶墨就半桶墨。

"哈哈，咱们不在乎。"

"嗯，马教练咋也来了？"赵和玉嘀咕了一句，他也是刚刚开车赶过来的。

大伙儿的目光被一辆枣红色的电动车牵着，从路口那儿牵到了存车处。

这家伙也来凑热闹？心里惦记一千元的鱼票？赵和玉扭头朝唐尔黄努了努嘴："哈哈，师傅给你助威来了。"

"嘿，剁个你还……不用杀牛刀，水果小刀就'咔嚓'啦。"说着，唐尔黄用手轻轻一抹，好像抹了赵和玉的脖子。

赵和玉见唐尔黄做了这手势，心里有点不服气："嘿嘿，场上见，现在不和你磨牙。"

等了一会儿，马明高从存车场门口走出来，手里晃荡着那把车钥匙。他见大家在赛场门口站着，就咧咧道："啊呀！奔鱼票的人还不少？咱来瞅瞅热闹。"

武教练笑着说："瞅热闹？你是来凑热闹。看，这可是'二把刀'比赛……"他是这次比赛的裁判长。

"'二把刀'这个概念，弹性很大。在你面前，唐记者赵总他们，菜；在我面前，嘿嘿，你，一盘菜；在章晟面前，我——马菜。唉，每次都是差一半目输给章晟，气杀我啦，千年老二。这次比赛章晟正好去外地。哈哈哈，这次你们争第二吧！"马明高教练扯着嘴巴说。

大家都笑了笑。

在鱼城围棋界，人们公认章晟坐头把交椅，马明高算第二把交椅，这第三把交椅，却有几个人都觉得该自己坐。

一棵山楂树下，赵大雷和官道沟开发商白老板合影留念，两人中间还夹着一个十二三岁戴眼镜的少年。他们都面含微笑，在一颗颗红山楂的映衬下，显得精神饱满。

围棋比赛在上午9点正式开始。

赵大雷主持开幕式，白老板致欢迎辞，唐尔黄代表参赛选手发言，武教练代表裁判发言。

比赛，欢迎，谢谢，支持，尊重，执法，公平……一些司空见惯的词语造就着司空见惯的开幕式。

比赛开始后，棋手捉对厮杀。赛场上摆放着四十多张棋台。各台都放着一座比赛用的钟表，表上有两个黑色按钮，棋手每下一手棋便在上面"啪"一下，不让对手占自己半点便宜。赛场里安静得很，只有落子的清脆声和按表的"啪啪"声。

这次比赛是电脑报名，电脑排序。

无巧不成书。在此之前，唐尔黄曾找过负责赛程排序的武教练，要求把自己和赵和玉编在一起。

武教练面有难色："老唐，这可不一定呀，电脑排序。"

"噢。"唐尔黄有点扫兴。

嘿！谁知电脑排序出来，赵和玉偏偏遇上了唐尔黄，冤家路窄。说起来，唐尔黄与赵和玉是多年的老对手。

夏天闲暇时候，他俩在树荫下下棋，树虽说不动，可树荫动呀！

上午8点多开始在树荫下下棋，开始还好，下着下着，树荫就偏离了原来的位置，头顶上的烈日晒着，他俩也顾不上挪挪位置，还钉在原来的地方下棋。身上的汗水把汗衫画出各种图案。气温三十多度，地表温度就更高。时至中午，两人还专心致志地下棋，吃饭的事比起下棋的事来显得微不足道，可以暂且搁在一边。下到中午1点多的时候，周围没人观战，静悄悄的。突然，"嘭——"很刺耳的一声。他俩以为有人给他们这儿扔石块，抬头看看，四周没人呀，两人继续下。等一会儿，唐尔黄抽烟，摸到烟盒却摸不到打火机。怎么回事啊？他看看马路边，那儿有破碎的打火机零件。原来，打火机让太阳给晒爆啦！

棋友们给他俩支招："你俩挪挪地方呀，也不嫌晒？挪挪棋盘就行。"他俩笑笑："哪能顾得上？忙得不行。"

今天上午，赵和玉本来有点事顾不上过来，想让申秀亮顶替一下比赛，下午他再来。

申秀亮拿着赛程表看了看，他知道这杠还不能顶，就急忙给赵和玉打手机："赵总快来吧，你知道你上午的对手是谁？"

"谁呐？"

"呵呵，唐尔黄。"

"啊？唐尔黄？这个家伙……好，我还说上午有点事，那就搁搁。我立马开车过去。"

坐在棋盘两旁，赵和玉唐尔黄两人不由得相视一笑。冤家路窄。然后，脖子上的羽毛都竖了起来，像个屏风，两只老公鸡摆开决战的架势。

唐尔黄从棋盒里抓了几个棋子攥在手里，在棋盘上轻轻地"咚咚"了两下。

赵和玉底气很足："单。"

唐尔黄松开手把棋子放在棋盘上，拨拉着棋子，二、四、六、八——偶数。

赵和玉见自己猜错了，满不在乎的样子，嘴咧了咧："嘿嘿，拿黑拿白，单双不过，这次你遇上我，你算完了。"他的嘴上功夫了得，当厂长经理当了多年，除赚了钱外，还赚了一副铜嘴铁牙。

唐尔黄笑了笑："拉倒吧，走夜路吹口哨给自己壮胆。咋呼啥？"

赵和玉猜先没猜对，冲着棋盘张开了巴掌，很绅士的一个手势："请。"

唐尔黄想也没想，在天元下了一子："就这么着。"

赵和玉有点愣怔，以前这家伙都是在边角部位落子，今天咋啦？不由得自言自语："天元？"他执白占了一个角的星位。

"不懂了吧？赵总。这叫艺高人胆大！"唐尔黄悄悄地说。

"一边玩去吧。下棋的，谁第一手走天元？嘿嘿，等着输吧。"

"这是——让你半子。"唐尔黄拉长了声音说。

"不领情啊！"赵和玉轻轻地嘀咕着。

这时，一名裁判走过来，把食指竖在嘴唇轻轻地嘘了一声，示意他俩悄悄下棋。

唐尔黄五十多岁，赵总六十多岁，都老大不小的，知道赛场秩序咋回事，但两人只要在一块儿，就喜欢较劲。

天元，是围棋棋盘中央的一个星位。

曾有这么一个传说：隋朝末年，群雄并起，逐鹿中原。一次，天下豪杰虬髯客张三与龙城的李世民在鱼城一带下棋。张三在四个角部各下一子，然后仰天大笑："老虬四子占四方。"

李世民一愣，还从来没见过如此下棋说话的人。遂在天元落下一枚棋子，从容地说："小子一子定乾坤！"

中盘过后，虬髯客角部下的四个棋子已经被李世民吃掉了三个。

当李世民拿起一枚棋子准备攻击第四子时，虬髯客摆了摆手："中原大地已归公子所有，西南一隅，山高路远，请公子交给我吧。我愿为公子平定西南，拱卫中华。"

传说毕竟是传说。旗鼓相当的对手，如果第一手棋置于天元，多多少少有点吃亏，可唐尔黄竟然就这么下了。

"嘿嘿。"赵和玉对这手棋发出一丝冷笑，"有你小子的好果子吃。"

"有钱难买愿意。"说着唐尔黄也占了一角。

赵和玉以二连星布局，唐尔黄挂角。

行棋的步调按照赵和玉的意图进行。他求外势，唐尔黄谋实地。

武教练很关心这盘棋的进展，因为赵和玉是他的徒弟。他时不时地过来转转，拿出手机给他俩拍照，然后发在围棋群里。

到中盘阶段，赵和玉的形势不错。他下了一手尖，唐尔黄的虎口不得不后手补上。接着，赵和玉抢先在一个角部点了"三三"。下出这手棋后，他把两只胳膊交叉着放在胸前的位置，仰起脸来朝武教练笑了笑。意思说，师傅，这棋怎么样？

武教练面无表情，拍个小视频后转身走了。

赵和玉点角得了先手，又在自己的一个角部补了"三三"的位置。可以说这两手得了十几目的便宜。

此时，唐尔黄陷入思考。他点着一支烟，缭绕的烟雾飘着。平时比赛，规定不让选手们抽烟。今天的场地大，又有好多上了年龄的老棋手参加比赛，组委会特地放宽了要求。

赵和玉的脑袋仰靠在椅背上，跷着二郎腿，脚尖一颠一颠的，悄悄戏耍着唐尔黄："哼哼，再下天元呀？"

唐尔黄正埋头考虑着下一步棋怎么走，没搭理他。

郝斌在赛场转悠着看棋，走过这里便停住了脚步。

赵和玉扭头看了看郝斌，忽颠着脑袋："看，中年记者了不得啊，人家第一手——"说着他指了指棋盘，"天元。嘿嘿。"

郝斌只是陪着笑了笑。

唐尔黄还没吭气，他为自己第一步棋的轻率付出代价。趁赵和玉得意扬扬的时候，他点点目，大概差了十五六目，棋局不利。如果不把中间的这几个白子杀掉，看来是不行了。反正杀掉太子是死，扯了龙袍还是死，干脆破釜沉舟，杀！

这时，赵和玉的肚子里咕噜了几声，他皱了皱眉，用手揉着肚子。

唐尔黄向棋盘中央的几个白子发起总攻，攻势凌厉！

赵和玉轻轻"哎哟"了一声。

"咋啦？"唐尔黄看了赵和玉一眼，"杀不出你尿来算你憋得紧！"

棋盘中央，黑子白子扭在一起。

该赵和玉走棋了，他的两手在棋盘上比划着，自言自语："哎？

这……这气……谁的气长？"

唐尔黄微微一笑："看你那样，两手在棋盘上胡扒拉，如果手不够，把两只脚也放上来。"

"去你的！"

"哈哈。"唐尔黄悄悄笑了笑。

这时，武教练又转过来，一下就被眼前的棋局钉在了原地，面部表情有点僵硬："嗯，咋搞得？"

赵和玉扭头看了看师傅，又低下头看着棋盘，嘴里嘟囔着："唉，这棋走得……臭。"

武教练没吭气，静静地看着棋局的走势。他觉得中央的这条小白龙危险，气有点短。

唐尔黄第一手走的天元，对布局而言可能是缓手，可此时，天元位置的那枚棋子却大放异彩，扭羊头遇上个好帮手。他激将着赵和玉："走天元咋啦？嗯？这手棋熠熠生辉嘛！"

尽管两只手不停地在棋盘上比划，仍然算不出这块棋到底是不是被扭住羊头。"等一下。我再看看。"赵和玉的手在棋盘上比划着，总觉得还有希望。从棋盒里拿起一枚白棋，刚想落子，手被什么烫了似的又弹回来。"刚才弃了就弃了，如今跑也不是，不跑也不是，哎呀！鸡肋。"他挠着头皮，几根头发稀稀拉拉地掉在棋盘上。

"吉利？刮胡须的，不是刮头发的。"唐尔黄调侃着。

武教练、郝斌哧哧地笑。

赵和玉没心思笑。他左手托着下巴，两眼盯着那条十几子的小龙。"嗯——再试试。"

屎巴牛滚绣球越滚越大。羊头触在天元那块花岗岩上，羊角撞折了……

武教练拨拉着棋子开始点目。

赵和玉急忙站起来，问："谁有纸？给我！"

郝斌掏掏裤口袋，把团卫生纸递给他。

赵和玉接过那团卫生纸，转身朝门外疾步走去。

看着赵和玉慌慌张张的样子，唐尔黄低声说："杀不出你尿来……"

点目结束，黑棋赢五目半。

数过的棋子仍在棋盘上放着，等赵和玉回来认证。

过了一会儿，赵和玉浑身轻松地回来了。他看了看棋盘上摆着的棋子，扭过脑袋问武教练："师傅，咋样？"

"咋样？煮熟的鸭子飞啦。当时如果不跑中间这几子，收收官，或许能赢。"

"是吗？唉，让这小子拣了一盘。刚才肚子里闹腾得……"他沮丧地说。

"足大怨骨拐。"唐尔黄回了一句。

武教练笑了笑，朝郝斌笑着说："这俩人平时赌钱，比赛时赌嘴，简直是糟蹋国粹呀。"

郝斌笑了一下，岔开话题对赵和玉说："老兄，这盘算了，下一盘下好。"

赵和玉叹息了一声，为自己的苦笑铺路。

旗开得胜。第二盘棋，唐尔黄对阵童大伟。

　　唐尔黄以前不认识童大伟，就向武教练打问童大伟的情况。

　　武教练笑着说："这童大伟听说从外地迁厂回来的，我也不太熟悉。四段，够你喝一壶的。"

　　"刚才那盘赚的，这盘输了没什么。"唐尔黄轻松地说。

　　第二轮比赛开始后，郝斌在场地里转着。这次比赛前，他在外地出差，没赶上报名。他转着看了看马明高的比赛，对手是凤城来的一位棋手，实力明显差点。马明高下得轻松，几乎没啥悬念，没有悬念的棋也就没啥吸引力。他便转到唐尔黄那里去。还没到跟前就见唐尔黄愁眉苦脸，陷入长考。走过去看了看，不由地倒吸了一口凉气。这棋下得，除去一个角苟延残喘外，满盘棋疲于奔命，危在旦夕。郝斌本来指望唐尔黄爆个冷门，心里总是希望熟人赢棋，却来了个失望。他走到裁判席那里，对武教练说："老唐那棋，除个角之外，没一块是活的。"

　　"是吗？这正常。"武教练情绪平稳，继续操作着电脑，连头也没抬。

　　郝斌在场地里又转悠了几圈，无意中发现唐尔黄还在那里坐着，那棋该缴了吧？他想。只见唐尔黄手中的香烟冒出的烟雾袅袅上升，对手童大伟却伸长脖子，眼睛盯着棋盘。嗯？咋回事？他挪动步子走过去。

　　郝斌匆匆回到武教练那里，乐滋滋地说："想不到，想不到。情况发生了变化——那个童大伟的棋都死啦！"

　　"啊？这——"武教练站起身来，朝唐尔黄那里瞅了一眼。

　　童大伟在比赛成绩表上签字，点了支烟，气哼哼地到门外去抽烟。

"咋回事？"武教练问道。

"半路上我看不行啦，正准备认输，可他走了一步缓手。我就在这儿断，死棋变活棋，就……就翻了盘。"

郝斌拍了拍唐尔黄的肩膀，说："老唐，好运连连，又拣了一盘。不过，能抓住机遇，说明水平还是提高了。"

上午，二把刀围棋比赛进行了两轮比赛，马明高轻而易举地赢了两盘，唐尔黄白拣了两盘，赵和玉一胜一负……

中午比赛暂停后，白老板派人给送来70多张饭票，参赛队员到得胜酒楼吃饭。

天上飘起了细雨，一丝丝一缕缕地飘洒在田野树木房舍街道上，挂在树枝上的红枣、山楂、黄柿子让晶莹的水珠点缀得愈发喜人。

酒肆饭馆门前，各种各样的杏黄旗标明店家主打的饭菜：剔尖、炒煎饼，云南米线，贾令熏肉，平定抿曲，浑源凉粉，古陶牛肉，焖倒驴烧酒，榆皮面河捞，二小羊杂割，稷山麻花，闻喜煮饼……名气大的名气小的都在旗上飘舞，向游客们献着媚眼。

赵和玉的第二盘赢了凤城来的一位女棋手，让颓废的心情好转了许多。当他看到旗上飘着榆皮面河捞的招牌后，吐口而出："等会儿不吃主食，出来花钱咥碗榆皮面河捞。多少年没咥了，说啥也得咥一碗！"

咥，是鱼城一带的土话，意为得心应手、酣畅淋漓地吃。

唐尔黄与赵和玉并肩走着，顺口说："我来请赵总。北京烤鸭没机会请，请顿河捞没问题。"

榆皮面河捞，是以前当地的一种主食，随着生活水平的提高，这种主食已慢慢退出饭桌的舞台。它是把老榆树靠近根部的榆皮剥下来，晒干，捣烂，碾碎，凭其黏性配以玉米面或高粱面制作的一种面食。以前白面少，农户人家常常用榆皮面来代替白面，这种面食吃起来筋道。

"请，该请。今天白拣了我一盘棋，想起来就肺疼。"

唐尔黄说："马馆主武馆主咱们一块儿来吧。"

"你们来吧，榆皮面想想也不咋好吃。"马明高说。

赵和玉说："嗨，马教练，你当师傅。徒弟想请你咥碗榆皮面河捞，多教他几手，还不给个面子？"

"问题严重了，上升到道德高度啦。那就来，武菜也来。"马明高说。

"来就来，我也想咥咥这玩意儿。"

"凤城来了几个女棋手？我见几个眼生的，颜值还行。"马明高乐呵呵地问道。

武教练看了一眼马明高，答道："来了三个。你呀，就喜欢这一口。"

马明高笑了笑，无所谓的样子。"噢。啥时组织一场鱼城和凤城的对抗赛。四年前，咱们赢了凤城，现在就不好说了，几个男棋手厉害。"

"章晟在凤城带出几个徒弟很不一般。至于比赛，以后看机会吧。"

绕过一条石板路，不一会儿就来到了得胜酒楼。

半道上出来，唐尔黄、赵和玉与两个教练来到那家面馆。每人要了一碗榆皮面河捞，浇上羊肉臊子，再配点炒辣椒粉香菜，味道美极了。

吃完那碗面，赵和玉把碗放在一边，用餐巾纸擦了一下额头上沁出的汗珠儿，说："呀，找回了童年的味道。"

四个人当中，赵和玉年龄最大。

大家也都说找回了童年的味道。

唐尔黄给两个教练各递了一支红岭烟，几个人抽烟、喝茶、消汗、聊天。

武教练喝了一口茶："听说老全现在发了，跟人承包了造纸厂，生意火哇，品种多，价格合理，每天来拉纸的车都排着队。我说呀，这人要走鸿运了，城墙也挡不住。"

"是吗？"马明高问道。

"噢，你看老全现在还顾上下棋吗？忙得四脚朝天。"

"那就好，比咱开围棋培训班强多了。"马明高的话语里充满羡慕的味道："啥时让老全请客，出点血。"

"好说，骆驼掉根毛都比蚂蚁重。"

听着他们的对话，唐尔黄心想，一家不知一家苦，隔行如隔山呐。老全现在受的那窝囊气你们还不知道。不过，他不想在这种场合说这些，怕扫大伙儿的兴，就岔开话题："两馆主也挺好的呀，用其所长，乐在其中，以棋养家，每年打闹个十万八万，滋润呵！"

"老唐开玩笑。那点小钱够啥？比比人家老全，再比比咱赵总。你看赵总，面色红润，印堂发亮，现在又炒股猛赚，点钱，存钱，花钱，成了最大的乐趣。"武教练说。

"快别说了，炒股让我赔了一圪榄（方言，表示很多），跌得让人心跳。下围棋，黑子白子还好，如果是绿子那就毁啦！我肯定一见就呕。现在呀，最怕见绿色，都是炒股闹腾得。"赵和玉手里正端着茶杯，一说炒股不由得晃了几下，茶水都差点晃了出来。

"是怕我们借钱吧？下盘棋，咱说十元一盘，人家说二十；咱说五十，人家说一百；咱说一百，人家说二百。总是翻倍，压你一头。"唐尔黄说。

马明高说："这不正好？多点你多赢。"

唐尔黄摇了摇头："不一定。好多时候也输给人家。"

"别装啦，还是你赢得多。我都在一个本子上记着呢！自从赌开棋，这家伙已经赢了我这么多。"说着，他把一个巴掌张开，"这个数哇？"

"五百？"马明高问。

"五千，五千多呐。"赵和玉心疼地说："今天这饭，说是他请客，其实我掏的钱。"说着，他看了一眼唐尔黄。

"哟，日子过得挺细啊，还在本子上记着？咋，想变天？"

马明高、武教练都看着赵和玉发笑："赵总……"

"这老头儿，想当胡汉三反攻倒算？嘿嘿，这得凭本事呀！再说，还不知有没有那么多，拉锯战。"

平时有空，唐尔黄与赵和玉下围棋不是在马明高的棋馆，就是在武教练棋馆，两人的棋艺教练们心里都清楚。

武教练对马明高说："他俩下棋比啥？比谁下得臭！那昏招没法儿看。刚下时还好一点，等上一会儿，都开始臭，我是躲得远远的。"

"是，我也是，不看，啥臭水平？"马明高接上话茬，奚落着他们两人。

"哎，我问问，徒弟臭，师傅没责任？马馆主，你是唐记者的师傅。武馆主，是我的师傅。要臭就一块儿臭吧。喔哈哈哈！"

"你俩的水平吧，也就三段的样子。若想提高棋艺，就得多看看棋谱，多看看《纹枰论道》节目，提高点棋艺，别每次都是瞎抡瞎砍。"马明高给他俩挑毛病。

"马师傅说得对。可我们这把年龄啦，有时间下下棋，也就是娱乐一下。如果再看棋谱，再看节目，我们成职业棋手啦？还有别的事呀！"唐尔黄说："因为下棋，快乐没说的，可也误了不少事呀，时间是有限的。"

"倒也是。"武教练说："由你们吧。"

几个人都爽朗地笑起来。

"哎？武菜，下午我跟谁？"马明高问。

"哈哈哈，跟谁？跟你徒弟。"

"是？"马教练故作惊讶地看了看唐尔黄，"行哇！能和我坐一台？嘿嘿，不过，直接认输吧，徒弟咋样？"

唐尔黄笑了笑。

"你们看，这家伙还想再拣一盘？"赵和玉的手指着唐尔黄说。

"再学几招，以后对付你老头儿。"

"走吧，街上转转，然后到赛场，时间不早了。"武教练看了一下手机。

官道沟的建筑有些是以前遗留的，还有一些是仿古型的，一多半是店铺，间隔的空地上种着各种水果树，还有白菜、土豆、红薯……在细细的雨丝中，树叶上，瓜果上，蔬菜上，或挂或落着圆圆的闪亮亮的水珠，给这个仿古小镇增添着令人留恋的色彩。

几个人走到一座水榭下，见水榭墙上画着一幅画。画面上，一群身穿古代服装的人有老有少，共同托着头顶上的一本厚实的古书。画面的右上方写着一首诗：

四书五经求功名，
官道歇脚闻香亭。
犬吠鸡鸣挡去路，
店家温酒把客迎。

几个人又来到一所祠堂前。祠堂的墙壁上也画着一幅画：穿长衣布衫的，端碗喝水；着绫罗绸缎的，遛鸟赏鸟；戴眼镜的，捧读诗书；富家婆姨们，闲嗑瓜子；手摇扇子的，临桌对弈……画的右上方写着一首诗：

捧一抔黄土回荃，
关帝庙肃霜千秋。
走官道沟咥一轮明月，
聚荃祠堂战一盘春秋。

"哈哈，围棋，大家伙看看，围棋。"赵和玉指着墙上的画说道。

相传，围棋产生于春秋时期。成语"举棋不定"中的棋就特指围棋。

四个人站在壁画前，抬头细细地瞧着画。马明高指着画中那个戴眼镜的，又扭头看了看唐尔黄，说："呵，戴眼镜的像你。对面的那位像赵总。"

对面的那位画中人，头发稀疏，中间谢顶，四周的头发虽然努力地想向中央靠拢，却显得有点力不从心。

经马明高这么说，几个人再看看墙上，唐尔黄与赵和玉两人还真有点像画中下棋的那两位。

武教练开玩笑："哎，你俩有缘，看来前世就是一对儿冤家。"

唐尔黄赵和玉两人都笑了笑。

赵和玉自嘲着："从春秋时期就开始春秋（围棋），下到现在了，还是二把刀的水平，没长进。"

唐尔黄感叹道："管他呐，高兴了就算。这人呐，愁眉苦脸活一辈子，开开心心也是一辈子，与其愁不如乐呐。"

"是的，老唐说得对。草民百姓就好，不用看别人的脸色下菜，咋舒心咋来。"武教练说："以前，我在工厂当采购，采购原料，厂长副厂长都要插手。一次，我联系了一家货，物美价廉。结果不行，副厂长跟我打电话说，得买另一家的。另一家的价格挺贵，料还不咋好。后来我打听到那家是他小舅子开的公司。"

唐尔黄听武教练这么说，就看了一眼赵和玉，想调侃调侃，说："武馆长，对你徒弟有意见就当面提嘛，别绕着弯儿。他光学艺，却舍不得给回扣，也不知道给条烟？"

几个人都哈哈大笑。

赵和玉指着唐尔黄说："这家伙……"

下午两点半，比赛开始。

唐尔黄两连胜，坐在第一台与师傅同台竞技。尽管唐尔黄使尽浑身解数，无奈实力悬殊太大，即使马明高瞌睡打盹，他始终也没有拣勺子的机会。

下午五点半，决赛在马明高和一个少年之间进行。这个少年大约十二三岁，唐尔黄看出这个少年就是上午和赵大雷、白老板一块儿照相的那个。

上午在开幕式讲了几句欢迎话就匆匆离场的白老板这时候也来到赛场，观看马明高和少年的决赛。

下了几手棋，马明高就觉得这少年棋艺的力度。他想，在这种场合但凡能进入决赛的选手都有几把刷子。

白总是业余二段，棋艺一般，但酷爱围棋，只叹息自己不是这方面的料。他坐在旁边，静静地观赏着高手的过招。

许多选手比赛完了，都围过来观看。

马明高算是遇到了对手，往日比赛中的那种轻松劲儿已荡然无存，时不时地皱皱眉头。他盯着眼前的棋盘，从这纹丝不动悄无声息的黑子白子间，似乎能听到古代沙场的鼓角争鸣和马蹄声声，看到戟来枪往，血肉模糊……

戴眼镜的少年文文静静，大拇指和细长的中指轻轻夹住白子，朝棋盘上认定的位置放去。他的动作规范而优雅。

虽然文静，棋却很有力道。马明高觉得好像他身上哪儿不痛快，这少年偏偏就往那儿捅，捅得他浑身不自在，暗暗叫苦：这孩子，哪儿冒出来的，以前没听说过呀？今天进入决赛后，听说和一个孩子对决。

有个棋手对他说："马教练，看来这次的首枚鱼票到手了。"他嘴上虽说没捡到篮子里的不能算自己的菜，心里却觉得八九不离十，嘿嘿，谁让章晟到外地办事去了，天赐良机。这么多年来，章晟这家伙的大拇指、中指轻轻一捏，捏得我喘不过气来，就是坐不到那把座椅。嗨，这次，苍天有眼，哼哼。章晟不在，谁知来了个"眼镜"少年。听谁好像说，这少年在京城聂道场那儿学棋。如今看来，干什么都得有干货，秤砣虽小，但压秤。

眼镜少年的棋势，已经露出较大的优势。

马明高静静地数目之后，心里一阵发凉，别说黑棋贴目，就是不贴目还差七八目。要想赢必须搏，或许有根稻草能让人抓上一把，否则……他在白棋的一个角部走了几手，制造了个打劫能活一小块儿棋的机会。打来打去，劫材却不给争气，轮到他打劫要吃两子，那个小伙子看了看局势，就稳稳地补了劫，虽然丢了两子，但无关大局。

马明高轻轻地叹息了一声，这种能把优势转化为胜势的小棋手确实可畏。他只好把手中的那枚棋子放回棋盒里，轻轻说："小伙子厉害。认输！"说着，从这边伸过右手和对手握手。

那个少年微笑着和马教练握手："叔叔承让！"

"不是，你的棋确实不错。"马明高由衷地说。

"都下得不错，让我们解了眼馋。"白老板这时才开口说话。

这时，赵大雷站起来，指了指眼镜少年说："各位，这小伙子叫张翼飞，今年十二岁，是咱市三水县泰安村人。现在京城学棋，之前曾在凤城跟章晟学过棋，章晟的徒弟。再一个，张翼飞家境比较贫寒，咱们的白老板古道热肠，解囊相助，除在京学费外，每年还资助张翼飞小朋友生活费15000元！"

白老板在一片掌声中站起身来，双手抱拳，呈扇面型朝棋手们拱了拱，说："没啥没啥，应该的。今天，翼飞得了第一名，我很高兴。我爱围棋，却是块边角料。翼飞同学对围棋有兴趣，有悟性，有恒心，这就好。希望翼飞同学好好学棋，学有所长，以后为咱鱼城围棋人争光！我愿为咱们共同的喜爱奉献爱心！"

掌声响了起来。

赵大雷招呼着大家："再等五分钟咱们举行颁奖仪式。现在大家各自活动一下，一会儿开个短会，颁奖。"

唐尔黄和师傅马教练点了支烟走到大门外抽烟。唐尔黄说："那个小棋手确实下得不错。"

"嗯，是块料。唉，想不到这次又是个老二。"马明高一边摇头一边遗憾地说。

在动车火车站，抢先下车的都是抽烟人，那利索劲儿来自烟瘾的驱使。憋了半路，下车前就在门口把香烟叼在嘴上，打火机拿在手里，门一开就蹦出去，大口大口地抽烟，明灭交替的烟头咝咝地向后萎缩……关门哨声之前或之中才匆匆上车。

下围棋的多有棋瘾，说好听点是责任心，而这棋瘾才是围棋事业发展的动力源，才是棋艺提高的助推器。

鱼城市围棋协会在官道沟举办的这次"二把刀"比赛画了一个阶段性的句号，就像当晚悬在夜空中的明月一样，圆实，丰满。

第二章　夜战丹朱

这次"二把刀"围棋比赛，老棋手全全兴不是不想参加，而是不能参加。他遇到了他实在不想遇到的麻烦。

在官道沟围棋比赛后不久的一天傍晚，唐尔黄、赵和玉在武教练的丹珠棋馆对弈，两人杀得难解难分。

第二天上午，武教练拿钥匙开门进了围棋馆，见他俩还坐在桌前下棋，问道："哟！又杀了个通宵？"

武教练这么一问，他俩才回过神来。

赵和玉问了一句："天亮了？"

唐尔黄抬头看看窗外，原来早就亮了，他"哟"了一声，又把目光移归棋盘上。

武教练走到窗前，打开了一扇窗户，一团团白乎乎的烟雾呼呼地往外窜。"家里这烟雾……一黑夜熏獾呐，你俩也不嫌呛？"

　　赵和玉接上师傅的话茬，埋怨着："下午他就抽了一盒，跑出去又买回两盒来。你看这烟灰堆得小山似的，呛得我都睁不开眼啦，怪不得我又输了几盘？"

　　"打开窗户换下气就行了嘛。"

　　"冷。"赵和玉说。

　　"那就呛吧。"武教练说："你俩也呛出来啦。"

　　"唉，人家赢钱的盘外招，先熏你呛你，把你搞迷糊，他再赢棋。"

　　"尽发牢骚，你也能抽嘛。来，给你一支。"唐尔黄说着从烟盒里抽出一支烟来递给赵和玉。"抽，心理平衡些。"

　　"倒贴钱也不。"赵和玉的身子往后仰了些，摆了摆手："去，去！"

　　"你不抽？来，武教练，给。"说着，唐尔黄把烟递给武教练。

　　"昨晚没吃饭吧，早饭吃不吃？吃就掏钱，我给你们跑腿。"

　　"买点奶茶和面包，再买两包凤城烟，你一包，我一包。"唐尔黄从口袋里掏出一张百元钞票。

　　"花别人的钱，就该大方点。"赵和玉嘟囔着。

　　"谁的？"唐尔黄问道。

　　"原来是我的。"

　　"现在是我的。"

　　"哈哈哈。"武教练笑着，"你两人真有意思。"说着他拿上钱出了门。

　　两人又混战起来。

　　"吃饭吧，添补点。汽车跑累了还得加油。两老哥，比年轻人的劲头还大。不服不行呀！"武教练把买回来的四个面包、两袋奶、一盒烟，还有零钱都放在桌上。

唐尔黄、赵和玉两人顾不得停下棋来吃饭，两人就在棋盘前撕开袋子喝奶，拿起面包啃着，眼光一刻也舍不得离开棋盘。好在吃饭功夫是多少年练就的，闭着眼睛也吃不在鼻子和下巴上，要不然，不知后果如何。

马马虎虎地添饱了肚子，唐尔黄又抽起烟来。

赵和玉跷着二郎腿，坐在椅子上慢悠悠地摇着扇子。他一方面是扇烟，一方面是显示这股悠闲劲儿。扇着扇着，他觉得后背有点痒，伸手去挠，可老胳膊老腿的够不着，就收起扇子当挠痒爪儿从领口那儿往下杵。由于扇柄有点短，到不了理想的地步，便浑身蠕动着，以此来减轻痒痒带来的不适。虽然折腾了一番，还是没有达到预期的目的。他央求唐尔黄："老弟，快，给挠挠痒，难受得不行。唉哟哟……唉哟哟……"

"叫你师傅。"唐尔黄幸灾乐祸地欣赏着赵和玉龇牙咧嘴的样子，哈哈地笑着。

"武师傅！武师傅！"赵和玉扭头朝里面武教练的办公室喊了两句。

无人应答。

"哎，去哪儿啦？刚才还在。"

唐尔黄看了下手机，屏幕上的液晶显示器跳出了12点35的数码。"嗯？又中午了。"

这时，他俩才想起刚才武教练出门时说了句："我走呀，你们下就继续下，我回家吃饭呀。"两人噢噢了两声，算是回应。

"在地上打滚儿，学学驴止痒。"

"少扯淡，快！"

唐尔黄把一枚棋子放回棋盒里，站起身来绕到赵和玉的身后，问道："哪儿？哪儿痒？"

"这儿……这儿……"赵和玉用扇柄往脊背后边指着。

唐尔黄从下面掀起赵和玉的衣服，伸进去一只手挠。

赵和玉坐在椅子上仰着头，指挥着："这儿……这儿……哎，再上上……再上上……"

唐尔黄按着赵和玉的指示精神把手往上挠着。

"不对，再下下……再下下……哎哟！哎！哎！不知道哪儿痒？"

"开玩笑。你身上痒我咋知道？"

"噢，右边点……右边点……嗯！舒服！舒服！"

一个人指示，一个人操作，密切合作，终于止住了企业家的痒痒。

"谢谢呵！"赵和玉长出了口气。

"甭客气。"

"谢谢就是谢谢！"赵和玉这句话发自内心，刚才太痒了。

两人坐下，接着下棋。

这时，武教练和申秀亮相跟着来到了棋馆。

进门后，武教练对申秀亮说："老板，你看两老兄从昨天下午开始到现在，你算算……二十多个小时啦，恶战。"

"啊呀！不要命啦？还敢这样耗身体？"申秀亮走过来劝说着："歇会儿，歇会儿。呀呀！你俩这……"

"秀亮来啦？"赵和玉问道。

唐尔黄抬起头来看了看申秀亮，点点头笑笑，算打过招呼，然后从烟盒里掏出三支烟，给武馆主、申秀亮各递了一支。

申秀亮拿起桌上的打火机给唐尔黄点着烟，说："老兄们，先歇歇，老胳膊老腿的啦，万一有个三长两短，对谁都不好。"

"是的是的，对谁都不好。两老兄歇会儿吧。"武教练说："上星期天下午，有个男孩说上厕所，好长时间也不回教室，急得我满头冷汗，出去找也找不见，其他学员们也不知道。如果丢个孩子，我这棋馆不白干嘞？主要是担待不起。结果，狗儿的一个人跑到儿童公园逗猴去了。啊呀，把我吓得……那孩儿回来后，我打了他的屁股，开棋馆头次打学员。"

武教练说这话另有用意，唐尔黄、赵和玉也听出了弦外之音，都说我们没事，不会给馆主添麻烦。

武教练站在原地，看着申秀亮无奈地笑着，而这笑让面部肌肉的组合比哭泣好看不到哪里去。

申秀亮看见桌上放着的两个空奶袋子和面包渣，就问："中午就吃了点这？"

"早上的。"武教练答道："昨天下午到现在，就这……"

"你们……咋说呢？"申秀亮朝下面甩了甩手，在地上转着圈，哼了几句滥词小调：

"……
一下把我搂进啯那高粱地，
……
我的大娘呀！"

看着申老板在地上油腔滑调的表演，几个人开怀大笑。

"看你们累，给你们调节一下。"申秀亮说。

这时，唐尔黄嫌坐着累，就站起身来继续下棋。

棋盘上，唐尔黄的一条龙岌岌可危，可他浑然不觉，做出的眼位全是假眼。

"输了！你这龙能活，为啥不活呢？"申秀亮看了看棋，提醒着，"唐站长，你看——"

唐尔黄这才反应过来，他揉了揉眼睛看着棋盘："嗯？龙没活？"

"你看看。"申秀亮指着那条龙说。

"哟！就是。"唐尔黄盯着棋盘，"啊呀，刚才站着眯了个盹儿。"

武教练说："以前听说过行军打仗的走路迷糊。现在，我是亲眼看见有人站着睡，手还走棋。佩服！"

赵和玉像受了传染，一仰一顿地动着脑袋，张着嘴巴连打了几个哈欠："嗯，有点瞌睡呀！"

"那就算啦，以后再下，有的是时间。"

在申秀亮、武教练的竭力劝说下，两人终于住手。

这盘棋，唐尔黄中盘认输。

唐尔黄去洗手间洗了把脸刚出来，手机就响了，他看了看是妻子打来的。他嗯嗯着，脑袋一点一点地："噢……噢……就回就回。"

这时，棋馆的门呼地一下被推开了。

武教练扭头看了看，一个六十多岁的老太婆走进门来。他叫了声："嫂子，你……来啦？"

赵和玉回头一看，见老伴儿恼狠狠地来了，他的腿不由得縠觫了一下："嗯？"

老伴儿站在地上一动不动，把怒气涂了一脸，静静地盯着赵和玉。

赵和玉的脸上急忙挤出笑容，哈哈着身子……

"你呀——你个老鬼！不要命啦？"老伴儿咬牙切齿地说。

赵和玉讪笑着，脑袋一个劲儿地忽颠："呵呵，我回家，回家，马上回。"

这时，老太婆扭过头来对着武教练嘱咐道："小武子，嫂子呀托你一件事……"她抖动着一只手指了指赵和玉，然后停顿了几秒钟才说："这老鬼以后再来，你拿根棍子替我打出去！"那只手又指向门口。

"嫂子，这……这……"武教练搓着两手，左右为难，他看看唐尔黄和申秀亮，想求助点什么。

唐尔黄看看老对手的傻样儿，就向前走了几步，对气呼呼的老太婆说："老嫂子，你看能不能原谅赵老兄这一次？其实，他想早点回家，都怨我，是我拽住人家的胳膊不让走。我想我后天要到外地采访，几天下不上棋，就想和赵老兄多请教几盘。老嫂子，这是我的错，我的错。"他诚恳地撒了个谎。

赵和玉心里一阵暖意，觉得唐尔黄关键时刻不掉链子，站出来给自己挡箭，够哥们。他感激地瞧了唐尔黄一眼，配合着："哎，是的，是的。唐站长说他出差，趁今天有空多下了几盘，再说我也不好意思推托，就……"

老太婆不满意地剜了唐尔黄一眼，对半生不熟的人她不好发脾气，口气稍微缓了些："少下几盘玩玩倒没什么，可你们没明没黑地玩，身体能扛住？"她看了看在场的几个人。

"扛不住，扛不住。"唐尔黄赶忙顺杆爬。

几个人也点点头。

"唉，看看你俩的脸色，白不拉几的。再看看他俩的脸色，一样吗？"她埋怨着。

唐尔黄刚才去洗手间洗脸时，墙壁上的镜子告诉他，脸色苍白，几条细微的血丝在眼网膜上爬着。此刻，他忙不迭地配合着老嫂子的责怪："噢，噢，确实是，我俩的脸色和武教练他们的不一样，不一样，以后得注意些。"

老太婆听唐尔黄这么顺着自己的意思说话，也不好意思再说什么，叹了一口气，转身对赵和玉嚷着："还愣着干啥？操罗上（马上）回！"

赵和玉低声下气地响应着领导的号召："回，回，现在就回。"

第三章　大战五盘

就在赵和玉被老伴儿赶回家的时候，仝全兴正在一间房屋里接受调查组的讯问。

仝全兴今年 59 岁，中等身材，脑瓜子灵活，是鱼城围棋界德高望重的人物，在造纸厂也是举足轻重，副经理兼财务科科长。

前些年，车间主任李德孝抵押承包了多年亏损的造纸厂，并将其改名为鱼城造纸股份公司。

老仝也是合伙承包人。自从当了副经理后，他就逐渐淡出棋界，因为公司的事情很多，业务繁忙。只是偶尔有点时间就找棋友切磋一两盘，过过棋瘾。对弈中往往是刚走了几步棋，手机铃就响，刚放下手机不久，铃声又响了。公司的科里的电话走马灯地来，都是些公事，不能尽兴。不过，当了公司领导，电话多说明业务忙生意好。这和公路上常常堵车一样，说明运输吃紧。运输若是不吃紧，那么多个公司领导的心里就得吃紧。前面的吃紧有事可干，后边的吃紧无事可做，离员工发不了工资的日子也就为期不远。因为这个缘故，老全原先花在围棋上的时间就逐步让位于公司的业务，这是正事呵！

在李德孝、全全兴等人的精心打理下，原先这个姥爷不疼舅舅不爱的亏损企业，现在变得连续几年盈利。

猪肥了，吃肉的人就会惦记。

公司盈利后，有关部门来公司调研的取经的络绎不绝。市里有人就打起了这个公司的小九九，想把它卖给凤城的一个老板。

一天，市工作组进驻公司，带队的组长是市政府副秘书长，名叫高绍棠。

高绍棠在会上说明来意后，公司经理李德孝对组长倒着一肚子的苦水："前几年，造纸厂黑灯瞎火的，给职工们也发不了工资，那时候没人管。现在稍微好了些，你们就来卖。这几年来，你们知道我们是咋干的？为了打闹些周转资金，大伙儿凑钱，四处求爷爷告奶奶贷款；为了拓展市场，我们几个带着方便面咸菜馒头出差，出去后住低价旅店；为了产品质量，创出品牌，多少个日日夜夜，我们开会熬夜想法子。现在，公司好不容易才走上正轨，能给大家发了工资奖金，能缴上税了，你们就跟着来了。我想，现在市里还有印染厂、棉织厂那几个亏损厂，为啥不卖掉呢？"

"嘿嘿嘿，李经理你先消消气。"高组长五十出头，脸上肉乎乎的，脑袋上的头发缺苗断垄的，挺着个大肚子。说了"消消气"之后，他的声音逐步上调："这是市政府的决定，是市领导经过慎重考虑做出的决定。作为一个市直企业的经理，必须有大局意识，必须服从市里的决定，不能讲什么过分的要求。"

李德孝、仝全兴几个公司领导听完组长的发言后，逐个表态，口气虽然不硬，但都没答应高绍棠的要求。

多多少少有些不欢而散，工作组的几个人坐着车走了。

李德孝和仝全兴以为没事了，谁知工作组就杀了个回马枪。

第二天上午，高绍棠带着市公安、检察院反贪局的人来到公司。他们一到公司后，就把厂领导们召集起来开会。会议之后，几个人分别被叫到几个屋里分别谈话。

仝全兴到了指定的屋里后，见公安、反贪局的几个人在场。

工作组的一个人要他先交代一下李德孝或别人在经营中有没有贪污方面的问题。

一听这话，仝全兴愣了。他说："贪污？几年来，我们守法经营，规范运作。要问这几年贪污了什么，只能说贪污了辛苦，贪污了磕头烧香，贪污了自己的业余爱好。"

工作组见仝全兴不配合调查，有个人拍了下桌子，吼道："咋啦？不想吃敬酒？不交待问题就在这里好好待着，啥时交待了啥时出去！"

仝全兴虽说胆小，但心里没鬼，觉得不该怕什么。这样他就一直在屋里待着。工作组的几个人轮班陪着他熬。到饭时了，原先陪他的出去吃饭，再来两个吃过饭的陪他继续熬。几个人还熬不过个你？

陪他的人端着茶杯悠悠地喝茶。

看着人家品茶，仝全兴伸出舌头在上下嘴唇舔了舔。

"想喝水？好说。交代吧，交代了再喝，反正你能熬。"

他没吭声。胆小也罢，主要是他还有糖尿病。从上午9点钟熬到下午5点多，喉咙干巴巴的，前胸贴到了后背，觉得身上的力气一点也没啦！

两个年轻人也不和他多说话，低头看着手机，手机上传出微弱的声音。

仝全兴的手机从上午进屋后就被工作组没收了。此时此刻，他坐在椅子上只好眼巴巴地看着墙壁。

墙壁上有一幅挂图。往常，他有时也到这个办公室里说话办事，但一直没太在意过墙上的这幅挂图。这时候，最不缺的就是时间。他看着这幅挂图，上面画的是安全生产方面的内容，几个工人在车间生产，流水作业。画上站在边上的那个人还有点像申秀亮，圆圆的眼睛，尖下巴……嗯，有点像。画面的右上方印着几个黄色字：安全生产重于泰山，黄色的字还镶着白边……从进这个屋后，除了偶尔读一下工作组员的脸庞外，就是读前面和左右两边的墙壁。他知道对面工作组员的脸庞是不敢多读的，敢多读的也只有这幅挂图了，从头到脚，从左到右，翻来覆去，不知把这幅画看了多少遍，尽管他平时不怎么喜欢看画。他想，这时候如果有副围棋，对面坐的是棋友，那多好呀！不知不觉时间就过去了，而眼下，只有这张画可以肆无忌惮地供自己消遣。他这多半辈子就是懂会计业务，还懂围棋，还懂……说来说去，就是不太懂绘画技巧，不太懂得欣赏挂图。此时，他只得去琢磨画，琢磨得时间久了，觉得墙壁上的那张画变成了一个围棋棋盘，上面打着劫、龟不出头、倒脱靴、扭羊头……

当他再次睁开眼的时候，不由得愣了一下，这是啥地方呢？

愣怔一会儿后，他发现自己躺在一张床上，身上盖着一条白色的被褥……白色的墙壁，墙顶上一盏磨砂灯发着柔柔的光。墙顶上还垂着一个吊环，有两三个输液的塑料瓶子在一块儿挤着，下面拖着根细细的塑料管，顺着塑料管往下看，塑料管的尾端连着自己的手背。嗯？咋在医院输液？他皱了皱眉头。

这时，病房的门开了，一位护士走进来给他测体温。

他嗫嚅着问："几点了？"

"早上五点半。"

"噢。"他扭头发现，有个年轻人坐在病床的旁边。

这个年轻人看了看全全兴，然后吁了一口气，也没和他说句话，就把眼睛又交给了手机屏幕……

唐尔黄是在一个场合，无意中听到全全兴遇到麻烦的消息。

那次他到经信委采访，出来时在楼道中听见两人边走边聊，说一个来头很大的人想买市造纸厂来经营。他和老全下棋的时候也听他说过这事。老全当时说造纸厂亏损时没人搭理。好不容易有点起色，惦记的人就来了。

丑妻薄地烂棉袄，男人的三件宝。为啥？没人惦记。否则就有人惦记，一惦记就容易出事。这不，造纸厂刚红火了一段时间，就让凤城一个老板给惦记上啦！

唐尔黄劝慰全老兄放宽心，说估计不会吧。这厂刚好了几年，要卖也是先卖别的厂，别的厂不景气。

"嗨，可不是这回事。你说，不景气的厂谁想买？甩还甩不掉呐！"全全兴的眉头皱了几下，"这事让人不顺心。老唐，你能不能给咱在报纸上呼吁一下？"

"哎呀，现在时兴这——资产重组。"

"资产重组当然是好事，可你看看现在，大多把公家的组成了私人的，国有资产流失得……唉，咋说呢？"全全兴的喉咙蠕动着，难受得咽了口唾沫。

自从和别人承包造纸厂后，全全兴就一天到晚忙着厂里的事，很少能有空下棋。虽说下棋这事情和学骑自行车一样，学会了不易忘，但长时间不摸棋，偶尔下一次手就生，思维也往往赶不上趟，加上他在与唐尔黄对弈过程中接了几次电话，不是这事就是那事，心思也不能全用在棋上。半个多小时后，老全的棋就露出了败势，一个角被吃了，这是以前不常见的事。

围棋协会举办"二把刀"比赛，报名的人很踊跃。

唐尔黄见全全兴没有报名，就给他打手机问咋回事。

全全兴说工作组进厂了，这厂恐怕要被卖啦！前一段关于卖厂的传说，看来不是谣传，而是真的。唉……他的语气里充满无奈，特别是那长长的一声叹息，让唐尔黄也觉得替他发愁。如今办点事咋就这么难呢？唐尔黄心想，市里决定卖纸厂，还不是市经信委或哪个副市长定的？老全提出让自己在报纸上呼吁一下。呀，老全，你以为这是平常写条消息报道说登就能登？这样的稿子能不能发还不一定，一写肯定会得罪人，而且得罪得还不是一般人。想来想去，唐尔黄左右为难。

窗外，秋风呼呼地刮着。秋风过处，树上一些发黄的树叶就飘零着，接二连三地舞起来，忽忽悠悠地落在地上，进行谢幕前的表演。

鱼城是省会城市凤城的卫星城，相距 20 多公里。鱼、凤，一为水中灵物，一为天上灵物，水里天上的全占了。

唐尔黄在省职工报工作，驻鱼城记者站的首席记者。

记者这行当，最大的特点就是自由自在，不用在办公室坐班，也没人检点，也许星期天忙得喘不过气来，也许星期一上班闲得无聊。唐尔黄生性喜欢自由，干记者这一行挺适合的。他今年56岁。恢复高考后，他是他们村里第一个考上大学的。在校时，课余时间就喜欢写些新闻报道，还是校刊记者，他干得很勤奋，希望毕业分配时能到省报工作。毕业那年，不知啥原因，省报社却没在学校招人。那时大学生毕业后是计划分配，不像后来的学生，为了找个工作，到处得投简历跑人才市场。

毕业那年，他被分配到鱼城市委调研室工作。

调研室许多人曾是市报停刊前的编辑记者。

上班后，唐尔黄跟着田岭办《鱼城建设》。《鱼城建设》属内部刊物。田岭是老报社有名的"快刀手"，写稿、改稿、画版、校对轻车熟路。他画版时，唐尔黄就站在旁边站看着，看了半个小时后懂了点门道，第二天就上手改稿画版，成了老田的助手。

市委调研室是个为领导提供决策依据的重要部门。在这里工作过的一些人平时跟着市里领导省里领导到基层调研，起草领导讲话，撰写调查报告……不几年后就被提拔为县区等基层或部门的领导。

唐尔黄工作后，在市委大院工作的一个老乡和他散步时说："小唐呀，调研室是个好地方。你好好干，多观察、发现一些基层先进典型的经验和做法，特别是具有前瞻性启发性、有推广价值的经验，下功夫琢磨好研究透。这样的文章对领导有用，对工作有用，就会引起领导的注意，得到赏识，才能得到重用。是不是这个理？"

"是的，谢谢老兄的指点！"

"平时要多写，写好。再一个，写的材料要适合各个领导的口味，还要把你跟着的领导侍候好。这样说吧，先当三年孙子，只有当好孙子，以后才能当好爷爷。呵呵，这话不怎么好听，可事实就这。如果……如果不想当孙子，就要当爷爷，这样的话，一是不可能，二是当也当不好。"

唐尔黄感激地看着这位老乡，掏出烟来敬了一支烟。

一次，唐尔黄遇到点事情，让他觉得这方面是自己的短板。

那天晚上，大院的十来个年轻人在市委食堂撂下饭碗后，急匆匆跑到市委办公室看电视。那时候电视机是稀罕物，大院里只有市委办、政府办各有一台电视机。当时电视台正播第一部香港的武打片《霍元甲》，万人空巷。电视剧开播前先挤着五六个广告片，卖药的，卖家具的，卖衣服的，卖锅碗的……都来凑热闹。

这时，小张开门进来把手里的喝水杯放在茶几上。

坐在沙发上的几个年轻人看见那个喝水杯就像被电击一样蹦起来，把沙发的位置空着，几个坐椅子的年轻人也赶紧站起来。

当时，唐尔黄正专心看着一个卖锅的广告，这种锅炒菜不黏底。虽然他不热衷于炒菜，可这种产品新奇呀！这么想的时候，他才发现十来个同伴都站着，咋不坐下看电视？就在他纳闷的时候，市委副书记罗中天迈着款款的步子走进办公室。呀，原来罗书记来看《霍元甲》。他才赶忙站起身来。

罗书记看了看大伙儿，见人们都站着向他行注目礼。他和大家招招手，和蔼地笑着："坐，都坐下看。"

大伙儿才慢慢坐下看电视。

唐尔黄的眼睛虽然看着电视屏幕，心里却想刚才自己的动作慢了半拍，也正如下棋一样，思维上出现了盲点，根本就没想到下一步棋该走哪里。

有年年底，他随省委调研室一位副主任到大仓县出差，对该县农产品加工情况进行调研，一共调研了三天。

回到单位后，根据任务安排，他撰写了一份调查报告，把该县农副产品加工的现状经验做法及存在的问题、解决问题的建议、前景等进行分析、归纳、梳理。他把这份调查报告送交赵主任。

第二天上午，赵主任打电话叫他到办公室一趟。他进去后，赵主任先是肯定了调查报告的长处，接着指出不足的地方。他一一记在心里。

赵主任问道："小唐，这次跟省领导下去有什么收获？"

他笑了笑说："收获很大，觉得上级领导调研时细致认真，特别是在探寻农产品加工新途径时还给大仓县指出了新的途径。"

赵主任听后点了点头，又问："你跟着省领导，不仅在工作中学习他们的工作方法，领悟他们发现问题分析问题解决问题的能力，还应该在这几天的工作生活中为他们提供比较好的服务。"

唐尔黄想了想，汇报道："赵主任，我见他们的杯子空了就赶紧提暖瓶倒水，见领导抽烟就赶紧给点火。"

赵主任听后笑着点点头："嗯。有些事情还有差距，以后要留心点。"

"好的。"

后来，唐尔黄从别人那里打问到，有的人会干，跟随领导下基层，一方面是工作勤快，另一方面就是把领导侍候好。比如晚上睡觉前要给领导打好洗脚水，等领导洗脚后再把水倒了。再一个，那时候的招待所不比今天的宾馆。今天的宾馆，各房间都配有卫生间，半夜起来小便很方便。以前的招待所，房间是单一性的，没有卫生间。客人若要方便，就得穿衣到外边的公共厕所，或者睡觉前夕在厕所旁边拿回个夜壶。晚上给拿夜壶，早上给倒夜壶。这样的差事，他可是没想得这么周全。打听到这些后，他想咱不是干这的料，一是想不到，二是即使想到，也难以做到。再看看今晚这事，别人一见秘书把领导的杯子放在茶几上，见杯如见人，立马站起来，以显示对领导的敬畏。自己却迟钝得很，这咋行呢？从看电视遇到这事之后，他觉得如要混得好，不仅要在工作上干得漂亮，更主要的是把一些以前想不到的要费点心想到做到做好，也就是所谓的情商。而这些恰恰是自己的弱项。要么引起重视加以弥补，要么……

第二年五一前，《鱼城市报》复刊，并以《鱼城建设》为基础，招兵买马扩充人员。唐尔黄想也没想，索性到报社当个记者吧。

如今，棋友全全兴遇到这烦心事儿，该不该管？能不能管？怎么管？这几个问号堆在一起，让他难以决断。

对于一些批评报道，年龄大资历深的记者一般是能回避则回避，这事惹人呐！交个朋友三年五载不一定能交好；惹个人呢，容易得很，有时因为一句话一件事一篇稿，说惹就惹下啦，而且还处于茫然状态之中。自己年轻时也是个愣头青，为了闯个名声，不是写了几篇没有回旋余地的稿件吗？写了篇批评榆州县医院的稿件在报上刊登后，有关部门把个院长免了。写了篇山风县一所学校失火的通讯，把有的人好不容易按下的事情又掀了起来，公检法介入，最后处理了几个人。让人尴尬的是，一次朋友请客时，主人兴冲冲地给他介绍一个在座的。谁呢？原来是榆州被免职的那个院长。唐尔黄一见那人心里怪难受的。可那个朋友不知情，还一股劲儿地介绍，这让他和那个院长大眼瞪小眼相互看着，却不知说啥是好。

想着这些事儿，烦心。干脆不想了行吗？为了驱逐烦恼，唐尔黄拿起电话给赵和玉打电话。

赵和玉退休后，上午在家里电脑上炒炒股，下午就没啥事，有约下棋的就下下棋。他接起电话后，一看是唐尔黄打来的，心里乐得，悄悄拿着手机到了卫生间把门关上，然后压低声音："唐记者，咱先说好，只下五盘，不多下。"

"好的。"

"好就好，说活算数。"赵和玉说这话时把声音压低，生怕老伴儿听见。

"算数。我才不想跟你多下呐。臭棋篓子，还拿架子……"

"嗯，一会儿收拾你！"

"谁收拾谁还不一定呐，快点。"

赵和玉从卫生间出来后稳定了一下情绪，对老伴儿说："老婆子，我出去遛遛，一会儿就回来。"

"噢，早点回来。哎，回来时顺便买上几个饼。"

"嗯？好的。"他朝老伴儿点点头。

出门后，赵和玉发动了车朝小丹珠棋馆驶去。

武教练见唐尔黄来到棋馆，问道："联系好啦？"

"好了。老赵说五盘。"

"噗——"武教练正喝茶，一听这话，水珠儿就呼地喷在了电脑屏幕上。他赶紧拿起一块毛巾擦电脑屏幕，边擦边问："你俩下五盘？"他忽眨着眼。

"噢。咋啦？"唐尔黄惊讶地问。

"嘿嘿，人们是酒后的话不能算数，你俩下棋说的话，数数算算，啥时候算过数？"

"哈哈，也是！"武教练提醒后，唐尔黄好好想了想，没有，就一次算数的话也没有。他只好给自己圆场："哈哈，到时候看吧。有时候下着下着就忘啦，谁也不记下了几盘。"

武教练鼻子里哼了一声："那还不好记？来，下一盘就在桌这里放一子，然后数子，看五个啦没有？"他一边说着，一边在桌上放围棋子。"五个了吧？不下了！这还不好说？"

唐尔黄没有正面回答问题，拿出一盒烟递给武教练："给你。"

武教练看了一眼，还是盒软中华，就笑着把烟装起来。"不是不让你们下，两位都是好老兄，主要是怕你们熬身体。"

"对对对。好老弟。来，抽一支龙城。"说着唐尔黄给武教练递过一支烟，两人抽着烟，等赵和玉的到来。

一会儿，赵和玉急呵呵地上楼来了。他的脸上冒着汗珠儿，喉咙里喘着粗气，进门后就伸开一个巴掌："五盘啊，多一盘咱也不下。"

"由你!"唐尔黄说。

"刚才我就说了,你俩说话算点数。一盘放一子,放到五子不下啦。"武教练重复着刚才的话。

"哎,这主意不错,就按我师傅说的办。"赵和玉扭过脸来征求唐尔黄的意见:"咋样?"

"好的。"

"来,五盘,给你小子五个干蛋!喔哈哈哈。"赵和玉夸张地干笑了几声,笑声中总少不了那个"喔"。

两人在桌前坐下,商量好规则:第一盘猜先,猜中执黑,然后交替执黑。

第一盘棋,唐尔黄执黑先行。他想今天赵和玉信心十足,而且定下五盘。在这五盘中起码三比二赢。光这样想不行,得先赢棋。这家伙爱占外势,以利中盘搏杀。他赢我的时候往往是这样。今天,我不能再吃以前的亏,占取实地时适当兼顾外势,这样让他下棋时感到别扭。他一别扭,棋就好下了。唐尔黄想到这里,就把棋下得比平时高了一路。

下了几手后,赵和玉看着棋盘上的落子,眼珠子瞪得大了些:"嗯?这小子有长进呐,啥时把我的招法学到手啦?"他用手指着棋盘,扭头对武教练说:"师傅,你看——孺子可教也。"

武教练看也没看,说:"集中精力,先下。别评棋。"

"好的。你就看我今天怎么收拾这小子?让他得五个干蛋!"

"嘿嘿。理想美好,但与现实尚有距离。我的目标,四比一赢你老头儿,最起码三比二。"

"哼！这话反过来说还差不多。"赵和玉有点不服气。

"我刚才说啦，你俩好好下，别比嘴，下棋是比棋艺。"武教练说："不影响你俩啦，我在电脑上下。"说着他到了里间的办公室。

两人静悄悄地下棋。

"哎？今天这是咋啦？用我的招法对付我？"赵和玉看了看棋盘，自言自语。

唐尔黄没吭声，他按着自己的棋路行棋。今天这一盘，他没有以往那样攻杀。攻杀是要冒风险的，杀住大龙就能赢，可大龙往往不好杀，棋盘那么大，龙行天下，再说那两个"眼儿"一眨，屠龙者就会前功尽弃，再加实地也不行。唐尔黄抱定决心，利用先行之利，多占实地，杀龙赢几十目也是赢一盘，赢半目也是一盘，能不冒那风险就不冒，稳妥些。

第一盘接近尾声，唐尔黄抢先收官，两人相安无事，这盘棋看起来是细棋。

赵和玉朝里间喊一声："师傅，点目。"

武教练从里间走出来，首先进行表扬："嗯，就这样下，悄悄点。围棋是高雅的，修身养性。一嚷嚷，都让你俩给糟蹋啦。"说罢开始点目，点的是黑棋，点了大空再点子。点子是两子一排，十子一行。

"你看看，你看看。我师傅这种数法，漂亮。哪像你？一堆儿，乱七八糟的。"赵和玉摇着扇子，绅士风度，同时不忘捎带着数落上对手几句。

唐尔黄笑了笑没有言语，心里盘算着干啥有啥门道，往常点目不注意这些，以后点目也这样，整整齐齐地点目，看着爽眼。

点目结束，黑棋赢了两目半。唐尔黄心想好悬呐，这还是抢先收官。

赵和玉看了看，从兜里慢慢掏出一张百元钞票无奈地放在桌上，嘟囔着："替我先存着，一会儿连本带利还。"他拿起一枚黑子放在一边，想了想又放回盒子里，站起身来走到墙上挂着讲解的那个大棋盘前，拿起一枚带磁性的棋，"啪"地一声，一枚黑子挂在大棋盘上。嘴里咧咧着："先输这小子一盘，记住，只让你赢这一盘！"

看着大棋盘上的那枚大棋子，唐尔黄和武教练都笑了。

武教练说："对，就这样，一盘挂一子。"

下棋应纵观全局，利用先行之利或脱先手法，你下的位置正是对手想抢占的位置，让对手时时处处感到别扭，有力难以发挥，这样才有更多的获胜机会。

第二盘，赵和玉执黑先行。中盘时通过打劫吃白子三枚。他朝里间兴奋地喊声："师傅！师傅！"

武教练出来说："这一盘挺快，不到二十分钟呀。"

"下个他还？哼！"赵和玉得意地说。

武教练点目后，黑棋 185 个子，赢半目。

"这结果？"赵和玉嘘了口气："好悬！手榴弹擦屁股呀。师傅，要不是打劫吃了几子就又输啦。"

"你俩呀半斤八两，谁也不敢骄傲。"

"是，是。不过，半目就半目，这半目值钱，一里一外二百元呐。来，小子！上货！"

唐尔黄掏出一百元递给赵和玉。

赵和玉接过钱后，得意扬扬。"哼哼，老汉的钱那么好赢吗？本，收回来啦，接下来的是利。"他一边哼唱着，一边把那张百元钞票洗衣服似的在手里揉搓了几下，"嘻唰唰嘻唰唰……"

"小样儿吧！后三盘不让你开壶，给二两颜色你就开染房。"唐尔黄说。

赵和玉站起身来走到大棋盘前拿起枚棋子，"啪！"声音很大。停了几秒，又拿下来黑棋，换了枚白棋，右手一扬又"啪"了一下。"谁棋赢挂谁。你黑我白。"

他俩下第三盘的时候，申秀亮郝斌马明高几个人相跟着来到棋馆，知道两个老对手在下赌棋，他们过来看了看，谁也没多说啥，就到另一间棋室下棋。

……五盘棋下完了，讲解的大棋盘上悬着四个黑子、一个白子。

唐尔黄从口袋里拿出三张战利品，朝武教练马明高他们抖了抖，三张钞票"咯啦啦"响。"嘿嘿，两条凤城烟。"

武教练笑着说："没白劳动。"

唐尔黄学着刚才赵和玉说话的腔调："跟他下还……"接着扭过脸来对赵和玉说："谢谢呵，承让！"

唐尔黄的这个动作让赵和玉有点受不住。

赵和玉看了一眼墙上的钟表，用商量的口气说："哎，你看，才五点半，再下几盘，咋样？"

"不下啦。"唐尔黄刹住车。

"还早呐，再下三盘？"赵和玉央求着。

唐尔黄没有回话，他走到墙壁前，在那个大棋盘上数着带磁性的棋子："一，二，三，四，五。哎，识数不？"他问赵子玉。

赵子玉的脸色有点红。"这个——"

武教练他们哈哈哈地笑着坐在椅子上。

郝斌笑得两眼眯成一条缝儿，又把额头搁在桌边，脸朝下面笑。

"就三盘，三盘。"赵和玉举着右手，抿下大拇指和小指朝唐尔黄抖了几下，不依不饶地恳求着。

"这样吧，赵总，来日方长。现在咱吃饭去，趁他们也在，咋样？"唐尔黄说："我请客。"

申秀亮说："好，消费促进收入，收入促进消费。走嘞。"

赵和玉恳求着："现在还早，再下几盘嘛。"

"走吧。"申秀亮过去拉赵和玉的胳膊。

赵和玉摆了摆手："再下几盘。"

武教练对赵和玉说："赵总，今天一进门，你可是伸开巴掌的——五盘。"

"呵呵，再下几盘。"赵和玉不好意思地坚持着。

见赵和玉态度这么坚决，唐尔黄说："想刨？别松鼠刨洞，越刨越大。"

"不会的。就三盘。"

"好。不能喝水，亮货。"

喝水就是输了棋不兑现。以前赵和玉几次就喝水。为防他再来这一手，唐尔黄提前打了预防针。

"亮就亮。"赵和玉掏出二百元。"今天走得急，没多装。"

"不行，不能喝水。"

"说得老汉还……"他扭头对武教练说："师傅，先借一千。我就不信……这狗儿的，放不下他啦。"

武教练说："你看，我刚才说啥来？你们一下棋，说的话从来就没算过数。"说着从身上掏出一沓钱来，数了数递给赵和玉。

"嗨——堂堂赵总，区区一千，何足挂齿？"申秀亮凑着热闹。

"我不是这个意思。赵总什么人？我是说他们搞下的五盘，又食言啦！"武教练说。

马教练调侃着："他两人……在我那里下，嘿嘿，就这屌样，说了不算，算了不说。嘿嘿。"

"走吧，吃饭去，我请大家吃桃花面，马路对面那家就不错，榆州家开的。"武教练说。

"再来上二两？"郝斌说。

"没问题。"武教练说。

"等等。"唐尔黄从口袋里拿出二百元递给武教练。"算赵总请客。回来时给买回两个面包来，再买点饮料。"

申秀亮说："看看，赢了钱的就是好心情，出手大方，还……还赵总请客。"

"走嘞——"郝斌喜好喝酒，仰起脖子扯了一嗓子。

武教练他们几人下楼吃饭去了，棋馆里只剩下他俩。

赵和玉问道："二百元一盘，咋？"

"别涨了。从二十元涨到一百元嘞还涨？咱下棋图个高兴就行。"

"一百元咋？二百元又能咋？"赵和玉想扳本，坚持着。

"二百元就二百元，怕你？"

两人角牴角，又撞到一块儿。

这时，唐尔黄的手机响了。

第四章　伏笔

全全兴打来的电话："唐记者，在哪儿？"

哎哟，这电话来得实在不是个时候。唐尔黄心想，可又不能不接。"老全，我在丹珠棋馆……对，下盘棋。嗯？……和赵总。什么？你过来呀？明天行吗？现在……噢，要紧事？好的。"

"谁呢？"赵和玉抬起头来问道。

"老全，说有点事。"

过了一会儿，全全兴引着一个人来到棋馆。这个人四十多岁，手里拿着个皮包。

见老全他们来了，唐尔黄与赵和玉只好暂停下棋，先与老全寒暄了几句。

全全兴给唐尔黄介绍说："唐记者，这位是我们公司的李经理。这位是唐记者，这位赵总。平时有空，我也爱和他们下两盘。

现在忙得……"

介绍完后，李经理和唐尔黄赵和玉分别握了握手，他说："唐站长，打扰了。是这么回事，唐记者……"

唐尔黄听着李经理的叙述。听到有人把李经理和全全兴等几个人以调查为名不让吃不让喝，扣了近二十个小时，导致李经理等三人身体虚脱时，唐尔黄感到问题的严峻。

李经理从皮包里拿出几份材料，一边递材料，一边说："这是五年的承包合同，这是公证处当时出具的公证材料……可工作组不管这些，我们没答应卖，工作组就调查我们这几年有没有贪污的情况。唐站长，你说怪不怪？我们各自掏钱，筹资入股，还自己贪污自己的？从左口袋装到右口袋，有啥意思？他们从上午九点，九点哦，闹到第二天早晨五点多，不吃不喝，我和老全都被闹得……到医院打点滴。一个副市长说，不信就查不出你们的经济问题。我们贪污我们的钱，我们脑子里进水啦？人家不管这些，摁住查，耗着查。他们这是违反合同的行为，是欲加之罪……"

手里拿着递过来的材料，唐尔黄觉得这事情有点为难：作为职工报驻站记者，管管这事是职责所在，可如果涉足这事就可能惹上一些人，特别是市里的一些领导，这对以后的工作开展肯定没啥好处，说不定还会招惹上意想不到的麻烦。

前几年，凤城职工报社曾发生过这样一件事：

该报驻长河市记者站站长杨木易被当地公安部门拘留，原因是偷税漏税。

杨木易身材匀称，长得帅气，歌也唱得不错。每年在报社年终工作总结会上，他都是压轴的。他唱的《小白杨》字正腔圆，激情澎湃。

社长田岭曾感叹说："如果不看人光听歌，还以为阎维文站在咱报社会议室里唱。"田社长几年后从鱼城政研室调到凤城职工报当副主编，后来当了社长。

长河市的一些大型企业公司平时遇到开啥厂庆会之类的，往往托他给筹办演唱会。在工作中他和企业工会主席常打交道，再一个跟当地演艺人员熟识，起到了桥梁纽带的作用。

那年年底，报社各驻站站长回凤城开年会，唯独不见杨木易的踪影。

副总编李彦俊对几位站长说："杨站长出事了。我和副社长前几天到长河市想见见杨站长。人家说啥也不让，说案子还未结案，在此之前谁都不能见。"

"犯啥事了？"唐尔黄问道。

"咋说呢？人家说他组织演唱会偷税啦，可听他妻子说，前一段市里有人写信向上级告市委书记的状。人家怀疑他执笔。"

"查对了笔迹没？"

"这，不知道，人家说这是诬告，相关事情得保密。"

李总编后面这句话，让在场的站长们一直在原地站着，站了好长时间。

工作总结会后，照例是单位的新年联欢会，尽管大家一如既往，兴高采烈，但少了一号演唱家的联欢会显然降了一个档次。

半年多后，听说杨站长从里面出来了。出来的原因也是个糊涂账，唯一能说清的是，长河市委书记前不久调到外省任职了。

不管咋样，杨站长多了一番磨难，多了一番人生历练。

想到这里，唐尔黄不免有点心寒。面对全全兴和李经理充满希望的眼神，他有点犹豫，心想：咋摊上这棘手的事呢？自从那次在朋友处无意中邂逅榆州县医院院长后，他觉得往后再不能随便写什么批评、揭露性的稿件了，有名声咋？没名声又咋？

正在这时，武教练、马明高几个人吃饭回来了。大家和全全兴都是熟人，互相打了招呼。

李经理掏出烟来给几个人敬烟。

申秀亮把手里提着的塑料袋放在棋盘旁，袋里面是两个面包，两瓶矿泉水。他说："吃吧，你俩呀，真对得起围棋，爱得死去活来！"

大伙儿得知全全兴的遭遇后都表示同情，说这明摆的是瞎扯淡嘛。唉，这年头，有些领导只要手里有点权就爱瞎折腾。

全全兴说："唐记者，你看我一直在纸厂干，别的人咱也不认得。这还是下棋才认下你。你得给咱帮帮忙，在报纸上呼吁呼吁这事呀！这是我们全厂几百个职工的心血呵，说丢就这样丢嘞？"

其他几个人都坐在椅子上不吭声，此起彼伏的嗞嗞的抽烟声，五六缕烟雾在灯影里往上升腾着，扩散着……

"实不相瞒，老全。写这样的新闻稿有很大的风险，可能要惹一批人，而且是惹重量级的人物呵！"因为杜明智在鱼城当市长，他是不是幕后主使？如果为了这事惹下杜明智……唐尔黄多多少少有点忧虑。

全全兴忙不迭地点了点头："是的，是的。我也是实在不想给你添啥麻烦。可职工们辛辛苦苦干了几年，我们几个人没明没黑地干了几年，把个厂打理好了，他们却要卖掉，我们……哎呀，我们实在是咽不下这口气呀！"他的声音让颤抖裹着。

看见全全兴的眼眶里有泪水在打转儿……唐尔黄的心就不由得提了起来："这事情……"

这时候，李经理把他坐的那把椅子往唐尔黄这边挪了挪，又掏出一支烟递过来，诚恳地说："唐记者，我们实在是没法儿啦，这事也确实让你为难。可……"说着，李经理的嗓音有点哽咽："这事总不能让他们想咋就咋吧，天底下还有没有王法啦？"

到底有没有王法，唐尔黄也不好回答，可看着全全兴李经理两个大男人手足无措痛苦不堪的表情，在场的人都为之动情。他说："李经理，老全，我看这样吧，明天上午九点，我到你们厂了解了解情况，找几个工人座谈，然后抽空再到市里找工作组，两边都了解一下，你们看如何？"

李经理一听这话觉得事情有门儿。他赶紧伸出两只手紧紧握住唐尔黄的右手忽颤了几下，说："好的，我们等你！"说着就从包里拿出一个黑色塑料袋放在桌上，"唐记者，给你带了两条烟，辛苦了。"

"不行不行，这怎么行？"唐尔黄伸手把放在桌上的两条烟往回推。"这可不行。"

这时，全全兴过来扯住唐尔黄的手："唐记者，这也不是别的，就两条烟，你也爱抽烟，你看你……"

"老全，我先看看，但不能拿烟。"

"哎呀！唐记者，麻烦你啦，行不行再说，不行的话，也不怪你。你看……你看就……"全全兴把身体挡在唐尔黄和李经理中间成为隔离带。

唐尔黄只好作罢。

全全兴和李经理迈步朝门口走。临出门时，全全兴扭回头来对大伙说："你们玩啊，我先走啦。"他生怕唐尔黄忘了，提着醒："明天，等你啊！"

唐尔黄无奈地点了点头。

见唐尔黄点头了，全全兴在门外笑着脸赶紧拉住门，一边拉门，一边说："你……"

门外传来弱弱的声音："……你们玩，我走嘞。"

见此情景，马明高笑着说："看看这老全，光怕老唐不要烟了赶紧关住门，把话都截门外啦。"

郝斌说："是的。唉，老全摊上这麻烦事，怪不得人也瘦了。"

申秀亮看着桌上的两条烟，羡慕地说："看看人家老唐，呵呵，这差事……在这里下着棋，人们就跑来给送烟。"

"老板，你以为这烟好吃？"唐尔黄指了指桌上的烟。

这时，武教练过来打开那个黑色塑料袋看了看里面的烟，说："哎，中华烟！"

申秀亮问唐尔黄："中华烟还不好抽？"

"好吃难消化。"唐尔黄说："一次，在绵阳市采访，采访个煤焦大户张顺明。当时有谣言说这煤焦大户在首都行贿三百万元被抓起来了，闹得满城风雨。那时候我正在绵阳采访。晚上十点多，我都躺床上休息呀，市新闻中心主任敲门进来，说去采访张顺明。我说这么晚啦，明天吧。主任说明天张顺明到外地出差，就今晚还有点空，平时见不上人家。往常，那个主任对记者们封锁着煤焦大王的消息，现在却……主任说老唐现在啥也不说了，得给我个面子。那次连夜进行了采访。标题是《夜访张顺明》。稿子出来后，有熟人问我，怎么还夜访？拿了张顺明两箱熊猫烟吧？其实那晚采访时就抽了两支烟。这烟，有时候能拿，有时候就说啥也不能拿，拿了会坏事的。"

听罢唐尔黄的话，几个人不吭气了。

赵和玉说："别听唐记者瞎谝。一个记者，一个妓女，一个捅娄子，一个被捅娄子，反正都是收稿（搞）费。"说着，他张大嘴巴仰天大笑，上下两排的后牙槽都展览出来。

几个棋友都被传染，笑得前仰后合。

唐尔黄用手指着赵和玉算旧账："哎，赵老头，你在挂车厂当厂长搞得不错。那时，我们还不认识。到你厂里采访写了连续报道，一共五篇。你说拿过你一盒烟吗？你说！"

赵和玉说："那时候，不是我不给，是厂财务科不好走账。"

"稿子见报了没有？你说！"

"见报啦！"

"好。今天赢你，把烟钱赢回来，不是你给的，是我赢的。你好好下。你说一盘二百，二百就二百。靠棋艺说话，来。"

"来就来。怕你？我还想把刚才输了的扳回来，来！"

说着，两人重新坐在桌两边，啃起了面包。一人抓子一人猜。

"就怕这……就怕这……哈哈，两人又铆上了。这劲头——铁人王进喜呐！咱躲。"申秀亮悠着嗓子朝房顶喊："涨价嘞，红枣黑枣，又涨价嘞！"

几个棋友哈哈笑着，他们到了另一间棋室。

第二天上午八点多，唐尔黄带上那个包开车去了造纸厂。他远远就看见全全兴在厂门口那儿站着。他看了看手机，差一刻九点。

下车后，唐尔黄和全全兴握手寒暄了几句，然后跟着他向会议室走去。

会议室里等着七八名工人。

全全兴给大家介绍了记者唐尔黄。

职工们鼓掌欢迎唐记者。

唐尔黄对职工们说："大家上午好。今天，我来厂里就是想听听大家对工作组出售造纸厂的看法。请师傅们心里想什么就说什么，把你们的心窝子话说出来。"

听完这话后，大家都沉默着，有的低头抽烟，有的左看看右看看，然后把目光转移在别的地方，不想与唐尔黄的目光相撞。

等了一会儿，唐尔黄笑着说："师傅们不要拘谨，你们在厂里工作了多年，最了解这里的情况，最有发言权，有啥说啥，不要有啥顾虑，我只是想听听大家的意见。哪位师傅先说？"说完后他看着师傅们。

"我来说两句。"一个五十多岁的连鬓胡师傅首先开了腔："我在厂里干了快三十年了。说实的，对这个厂有感情。前几年，厂里经营得不咋好，产品也卖不出去，半年多连工资也发不了，可没人管。车间主任李德孝站出来挑头承包，才干出个眉目来，工人们的工资也能发了，市里就来人要卖。卖厂？这就让我们不明白啦，厂里发不了工资时都躲得远远的，怎么一发了工资啦就来卖厂？现在，市里还有几个厂亏损的亏损，关门的关门，为啥不卖那些厂？"

"那些厂卖不了几个钱，买主不想接烂摊子呗。"另一个工人插了一句话。

"是呀。厂不行时，不是想办法解决问题，而是不闻不问；厂才好了点就来啦，卖厂！这是不是败家子做法？"这位师傅停了一会儿，又说："我们想不通，要我说，我们不卖！"

"对，丁师傅说得对！我也是这意见，不卖。工作组要卖，就卖其他厂。"一名工人帮着丁师傅的腔。

唐尔黄在笔记本上简要快捷地记着丁师傅他们发表的意见。

这时，另外一名师傅发言："干好一个厂不容易，倒轧开一个厂好说。为了把造纸厂闹好，德孝经理和全师傅他们忙着想办法。起初那段时间，经理嘴上着急得起了两个火泡，全师傅那一段也黑瘦黑瘦的……工人们知道，他们这样干，是为了这个厂，为了我们能发上工资。我们就是来实的，谁能给我们发工资，谁能让我们养家糊口，我们就支持谁！"

"请问这位师傅，你贵姓？"唐尔黄问道。

"噢，我？我姓巩，巩固的巩。"

"好的，巩师傅。"

"我叫张春芳。我来说说，前几天，工作组来厂里卖厂，闹得大家人心惶惶。厂里好不容易有了点起色，他们就来砸锅卖铁，瞎折腾。我们工人不答应。"这位女职工快言快语地说。

……

座谈会开了一个多小时，七名职工谈了自己的想法。

唐尔黄那个小笔记本记了不少，基本掌握了职工代表的意见。他简单地说了几句话，谢谢师傅们对他工作的支持，并征求老全的意见，请师傅们自便。

这时，丁师傅站起来对唐尔黄说："唐记者，刚才开始时我们有点疑虑。你们报社要替咱工人说话，说真话，说公道话啊！"

好几名工人站起身来鼓掌。

唐尔黄觉得这掌声，一半是给丁师傅的，另一半冲着自己来，看你敢不敢写这样的报道。

等掌声过去，唐尔黄说："谢谢丁师傅。我说一下，不是你们报社，是咱们职工的报社……我再到工作组了解一下别的情况，两方面的意见都听听再说。好吗？"

丁师傅说："好。如果没啥事，我们就走啦，唐记者辛苦啦！"

"师傅们辛苦。"说着，唐尔黄走过去和师傅们一一握手，目送着他们离开了会议室。

会议室里只剩下他们两人。仝全兴说："唐记者，谢谢你。咱再坐一会儿，等李经理回来一块儿坐坐，他有点急事出去了，一会儿就赶回来。"

唐尔黄说："不用啦，我还有点事。你告下李经理，我先走了。哎，对啦，这是……"说着，他从包里拿出那个塑料袋。

仝全兴一看是昨晚送的那两条烟，急忙摁住唐尔黄的手："干啥呢，干啥？就两条烟，再说你也抽烟。"

"不，老仝，这烟不能收。"唐尔黄摇摇头："如果写这方面的稿件，我是绝对不收的，你不清楚……"

"就两条烟，也不是别的。你看你这人……"仝全兴继续摁着唐尔黄的手不肯松开。

"仝老兄，听我说，我不拿这烟。该写的稿一定写，不该写的我不写。我不想落下啥话柄。请你理解！"

"这……"全全兴用手挠了挠头发，"哎呀……哎呀。"

"老全，我再了解下情况，你放心！"说着他和全全兴使劲地握了握手，然后告辞。

古人云：不虑于微，始于大患。

唐尔黄在多年的新闻工作中牢记着"慎微"二字。特别是涉及撰写批评性稿件方面时一律不收别人送的礼物，不能让礼物绑架自己的心灵。一笑纳人家表示的意思，就意味着你对人家的企求已经首肯，甚至是无条件地去办，如果办不成，则落下难以抹去的愧疚，从而一直自我折磨。昨天晚上，当全全兴放下两条烟后，他心里就觉得不自在，心想也就两条烟，还想等会儿拆开盒子给马明高、武教练几个抽烟的一人发上两盒，见面的都有份，可转念一想，这事万一办不成多难堪，拿了人家的烟却没办事，叫圈里人咋看自己呢？所以，今天一早起床后，他第一件事就是把那个塑料袋装在包子里，走时带上。别的事辛苦了抽条烟还无所谓，这方面的事，莫说两条烟，就是一根针也不能拿，这是防止自己被动，也是底线。

第二天上午，唐尔黄来到市政府副秘书长高绍棠的办公室，就市里想卖掉造纸厂事宜采访一下。

高绍棠是市驻造纸厂工作组组长。他不到五十岁的样子，瘦脸型，两只眼睛很小，平时爱哼些老旧的歌曲。唐尔黄以前就和他认识，打过一两次交道，但不怎么熟悉。

"秘书长，听说市里近日组成工作组到造纸厂开展工作，由你任组长。"

"是的。唐记者，最近工作忙吧？你们职工报办得不错，我有时还翻翻，那个《星期六》，挺好看的，案例，棋类，文艺，戏剧，歌曲，炒股……挺活泼的。"一见面，他先表扬了一通职工报办得不错。

唐尔黄谢了高绍棠的夸奖，然后转入正题，"麻烦高组长谈一下这事情。"

高绍棠说："这事吧，没啥好谈的。前一段，魏市长叫我到他办公室，安排了这个工作，想把造纸厂卖给凤城一家企业，让人家经营……"

"秘书长，我有一事不太明白。据我了解，这几年由于市场因素或一些企业经营不善，咱市有十几家企业亏损或濒于破产，而造纸厂自李德孝等人承包经营后，很有起色。不知何故要把该厂卖了。"

"这个嘛，市里也是为了企业今后有更好的发展。凤城如果接手这个企业，能进一步扩大经营规模，企业升档，产品升级，就有更好的发展前景。总的来说，不管谁来经营这个厂，税收都会留在咱市里。"

"秘书长，既然这样，咱鱼城有那么多的亏损企业，为啥不走这条路呢？"

"嘿嘿，这和找对象差不多，男的有情，女的有意才行。人家凤城那个老板想买哪个厂，咱才能卖呵！"

"秘书长，纸厂的职工向我反映了这个事情。昨天，我到厂里了解了有关情况，职工们对此有意见，不想卖厂。"

高绍棠听了这话，两只眼睛一眯显得更小更聚光。他的嘴角稍微翘了翘，流露出不屑的神色。"工人们就是这，婆婆妈妈的。当然，他们说归说，反映归反映，总不能堵人家的嘴呀。话又说回来，卖不卖决策权在市里。"

又聊了一会儿，唐尔黄见一个干事敲门进来。

那人手里拿着份文件站在一边等候。

高绍棠看了看那个干事，再看看唐尔黄。对干事说："稍等等！"

唐尔黄觉得自己也了解了相关事宜，便说："秘书长忙，以后有空再聊。"起身告辞。

"好的，好的，唐记者辛苦。"

唐尔黄回到记者站后，翻阅了造纸厂的资料复印件，又把该厂职工们的意见梳理了一下，结合高绍棠谈话的情况，拟了个提纲。

鱼城造纸厂该不该卖？

一、造纸厂被卖一事在职工中引起的反应是什么。

二、造纸厂的历史沿革，曾经创造的辉煌及后来的困境，职工领不到薪酬。

三、承包制带来新变化。

四、一石激起千层浪；工作组的做法；纸厂领导层的想法；职工的看法；高组长的说法……

五、鉴于目前情况，提出问题：鱼城造纸厂能否让李等继续经营；李具备的条件优势是什么；市里的想法是啥；最终抛出问题：造纸厂究竟该不该卖？

拟好提纲后，唐尔黄坐在椅子上，两只胳膊往上一挺，伸了伸懒腰……

晚上十点多再写吧，他想。

多年来,他有个习惯,夜深人静时写稿。桌上,半本稿纸一支笔,一杯茶水半盒烟,再放一个打火机。写起这篇稿,明天就送到编辑部去。这事情比较麻烦,尽量少惹点事,把相关情况、各方意见都列出来,然后提一下问题:该不该卖? 至于卖不卖自己也管不了,仅仅是提了一下,并未很深地涉及这个问题,让别人来回答。既帮了老全的忙,还给工作组留有余地。拟提纲时,他耍了个小聪明,对工作组近二十个小时限制李、全人身自由的事只字未提,以备后患。工作组不问便罢,若问自己,手里还有个撒手锏——这事情还没提,因为咱是熟人,才笔下留情。

手机上的音乐声响了起来,唐尔黄看见是赵和玉打来的,马上就来了精神。"赵总呵……呀,想报仇? 给你个机会,五盘。有运气就还给你,没运气就把钞票准备好,就当我写稿的稿费,哈哈……行,三点,丹珠。哎,别误啊!"

高绍棠正看着刚送来的那份文件,副市长魏冬明打座机让他过去一下。他匆匆翻看了后面的几页,在文件签单上签字后就来到魏市长的办公室。

魏冬明说:"老高,刚才杜市长打电话问纸厂的事,说要尽快处理。过两天,凤城那个庞老板抽空过来看看。不敢误事呀,市长挺重视的。"

"魏市长，职工报的唐记者刚才到我办公室坐了坐，了解纸厂的事。"

"嗯？他打问纸厂的事？记者呀……防火防盗防记者。他如果再来，能不和他说的就尽量不说，市报咱好打招呼。省里的报纸，咱们就得注意点，免得节外生枝。"魏冬明说这话时面部表情有点不悦。十几年前，这个唐尔黄就写了篇文章，写的是山岚县一个学校失火的事情。当时，魏冬明在山风县当副县长，分管教育方面的工作。那篇报道见报后，带来了意想不到的效果，把他好不容易才压下去的事情又掀出来，惊动了国家司法部门，闹得给了他一个警告处分，而且还处理了另外几个人。一想起这事，魏冬明的牙根就发疼。如今，这个家伙又插手造纸厂的事情……不过，当年山风县的这些事情，他没和高绍棠说。

高绍棠点了点头："魏市长，听说这唐记者和咱市长的关系不错。那次我见他俩说话，挺随便的样子。"

"是吗？无冕之王嘛，哈哈，不知道自己吃几碗干饭。"

"是的。听说两人以前都在调研室工作过。"

"噢……就这吧。"

下午不到三点，唐尔黄赵和玉两人就一前一后到了棋馆。

兴趣是动力的前提。对啥事若有兴趣，其他事情就得为之让路，时间也有啦，劲头儿也来啦，饭也不嫌迟啦，本来紧该办的事也等以后再说吧。若对这事儿没兴趣，这问题那事情都挤着来，借口一大堆，不好意思实在顾不上。

别的不好说，在下围棋这一点上，唐尔黄赵和玉两人的意见往往能够保持高度一致。你说几点就几点，你说不吃饭咱就不吃饭；你说不睡觉咱就不睡觉。首先在气势上心理上不能输给对方。

坐下后，唐尔黄提前敲了敲边鼓："赵总，咱说好，五盘就是五盘，不多下，晚上还有事。"

"有啥事，前天赢了点就想收手，小富即安？"赵和玉掏出扇子摇了几下，脑袋也摇着。

唐尔黄岔开话题："现在深秋啦，你摇哪门子扇？"

"风度，你看高手们都这样……"正说着，赵和玉收起扇子，反伸着胳膊拿着扇柄从领口那儿往下捅，一边捅一边晃动着肩膀，"哎哟，哎哟……"龇着牙咧着嘴，之后又恢复了原样。

看着赵和玉挠痒痒后舒服的样子，唐尔黄笑了笑说："噢，明白啦，原来备着捅火的棍子，啥时火不冒气啦，啥时就捅两下。"

"一边去。高手下棋都拿扇，诸葛亮冬天也摇扇呐。这是智慧，智慧的象征。懂吗？"

"你见过？"

"我想。"

"你刚才捅的那样儿，看见咋像猪鼻子插了根葱？"

"小娃子，今天每盘吃你条龙才解我心头之恨。"赵和玉"啪"地一声在木头棋盘上猛地落子。那枚云子碎了几瓣儿，有的瓣儿掉在了地上。他看了看自己的一个手指，用嘴吹了吹，刚才由于用力过猛，他的指甲盖被折断一截儿。

武教练正好从里间出来，看见那枚棋子被拍碎了有点心疼，"老兄们呀，轻点，这可是云子啊！"他过来用手捏起那几瓣云子，掂了掂又回到里间。

"你看看……你看看……"唐尔黄朝里间努了努嘴。

赵和玉在棋盘一边挤眉弄眼，把几枚被碰得错位的棋子复原，然后轻轻地在棋盘上落子。

唐尔黄从口袋里拿出一盒凤城烟走到里间，把烟放在武教练的电脑桌上。

武教练说："哎，抽一支就行，不用放。"

"抽吧，我还有。经常在你这儿折腾，这算点补偿。"

武教练笑了笑："没啥。买副云子棋很贵。"

云子产于云南，曾为宫廷贡品。云子质地细腻，色泽柔和，坚而不脆，沉而不滑，手感很好，在阳光灯光下看云子时，黑子透着一种暗绿色，白子则有一种幽幽的淡黄色光泽。再一个它不像玻璃棋子那么晃眼。

现在丹珠棋馆里只有三副云子棋，学员们用的都是别的棋。

赵和玉见唐尔黄出来后就说："拿也不拿盒好烟，中华烟呢？前天晚上刚收了两条。小气！"

"你给人家胡拉屎，我来收拾，你还阴阳怪气。"

"留下好烟自己抽，拿上凤城给别人。会活！"

"拿是拿了，可退回去啦！"

"哼！哄鬼去吧。"

唐尔黄不想再和他磨叽，心想赢你几盘，让你狗儿的心疼，就是对你最好的回答。

这时，门开了，脚步声由远及近，脚步声在桌旁消停了。

赵和玉抬头看了看，乐呵呵地说："又来了一盘菜。"

"谁是菜？吹。"

"哟，老汪来了？"唐尔黄跟老汪打了个招呼。

"来啦！"

唐尔黄给老汪递了支烟，又埋头盯着棋盘。

老汪是兴华纺织厂的工人。这几年厂里的设备没有更新换代，产品质量下降，再加上市场经营诸多原因，好端端一个厂破产重组。老汪这一段闲着没事，有时候就到棋馆下几盘棋。见两人正下棋，他便拽过把椅子坐在旁边观看。

"收了人家的烟，就得给人家出力。是不是？"

"嗯。"

"软中华烟是不赖，价格在那儿摆着。是吧？"

"嗯。"

"抽了老全的烟，如果不办事那多没意思。"

"嗯。"

"哈哈哈。"赵和玉慢悠悠地摇了几下扇子，光图过嘴瘾，后来见唐尔黄一直埋着头看棋算着棋路不爱多理他，就觉得情况有点不妙。"哟，我在嘴上下功夫，这娃儿原来在棋盘上下功夫。"他仔细地看了看自己的那条龙，"嗯？才一个眼。这家伙怪不得嘴上光嗯嗯，暗地里下毒手哇！"等他醒悟过来，悔之晚矣，一条大龙危在旦夕。

老汪平时不爱多说话。今天一进门就让赵和玉说成菜，心里有点不高兴。他坐下后扫了一眼棋盘，觉得赵和玉的一条龙有点危险，心里就产生了一种快意，咱看看谁是菜？他暗暗给唐尔黄加油，希望宰了这条龙，宰不了也剥点皮抽几根筋。现在看龙给蹬腿啦，他的嘴歪歪一乐："再让你叫唤，还说我菜，谁菜？"

赵和玉的两只眼珠子瞪得圆溜溜的，仿佛快滑落在棋盘上。

"哎，龙呀……这龙……"他拍了一下膝盖，"这事闹得……"说着他看了看老汪，见老汪手里的纸烟正冒气，就往后躲了躲身子，埋怨着："呛得人难受，难怪这龙……"

"怨谁呢？我进来刚坐下，就见这条龙够呛。你一直磨叽叽磨叽叽，还怪人抽烟，怪你哇。"老汪不高兴地说。

赵和玉见老汪发火就软了下来，赔着笑脸："开个玩笑，开个玩笑。"

老汪才不吭声。

赵和玉拿起一枚棋子还想下。

"大龙都死了，还下？好意思？磨……"老汪说。

赵和玉又看了看棋盘方才罢手，嘴里叨叨着："让娃儿偷袭了一盘。"他从口袋里拿出张百元钞票扔在桌上。"买糖蛋去吧。"

唐尔黄问："再来？还是你跟老汪？"

"赢了想跑？"赵和玉说。

"不跑。我是说老汪好不容易来一趟。你上？"

"你们下，我看看。"

"噢。"唐尔黄又递给老汪一支烟。

老汪接过烟后，把椅子往唐尔这边挪过来，离赵和玉远些。"看人家输了棋又找原因。"

过了一会儿，马明高来到棋馆见唐尔黄他们三个围在桌前，走过来看了看，说："你三人水平差不多，谁状态好谁赢棋。"马教练是业余五段，有发言权。

武教练听见马明高说话，就走出来站在桌前，他认同马教练的说法："这三人开始还行，下上几盘就开始啦，昏招臭招全出来，就不能稳点？"

老汪看了看两位教练，说："就这急性子，图个乐。我看，我们再努力也扯淡。你们好好培养娃娃们吧！"

鱼城市各学校都开设了围棋课，开设棋馆的马明高武教练焦教练都在学校兼课，学有所长，长有所获。马明高在鱼城开馆最早。武教练后来居上，效益最好，都尝到了教棋的甜头，有了稳定可观的收入。马明高今天来找武教练，想趁个星期六星期天举办一次学生围棋赛，选拔小棋手以备到省里参加比赛或者和凤城的小棋手比赛一下。

武教练同意马明高这个想法，并提出个设想："让一些老棋手陪练一下，如眼前坐着的这几个老棋手。"

唐尔黄点了点头。

老汪说："还是让小棋手与小棋手下吧。我们这个下法，嘿嘿，会误了人家。"

"不要自卑嘛，老汪！"赵和玉说。

"我是实话实说。不过和你下，我让你尿几股你就得尿上几股。"老汪调侃着。

"口气不小哇，等下了这盘咱试试？"

"试试就试试。"

赵和玉又下了几步，看了看局势，抬头问武教练："师傅，我这棋……如何？"

武教练笑着摇一摇头，不表态。

"稍差点。不过还能走。"马明高含蓄地说。

"还能走？这样吧，不走了，认输。和老汪下，在老汪身上往回扳。"

"哼？来！"老汪回答。

正好。唐尔黄心想晚上还得写稿，现在得省点体力精力，把那个稿写好，尽量不要留什么把柄让人家抓住。

第二天上午，唐尔黄开车把晚上加班写的稿子送到职工报社。

报社籍总编认真地看了稿件，看完稿件后他有点担心："尔黄，这个稿子有深度有力度，不错，但是在当前这种大形势下，《鱼城造纸厂该不该被卖掉？》如果在报纸上刊登出来，你想想后果会咋样？当然啦，看得出来，为了这篇稿，你花费了不少心血。你们记者要的就是这种效应，可我，我就不能这样考虑啦，我得注意全面，得注意稳啊！"

一听籍总编先肯定后"但是"，唐尔黄的心里就凉了半截儿。他建议道："籍总，改制是大势所趋，没问题，但基层的一些企业在改制过程中有人为操作的因素，国有资产流失虽然不可避免，可让人心疼。据我了解，造纸厂资产达 8600 万元，准备卖 700 万元，少了 10 倍还多。你说这事情，咱们报社能熟视无睹吗？"

"是？"

唐尔黄肯定地点点头。

听了唐尔黄的话，籍总编把身子仰靠在高椅靠背上，五个手指岔开往后梳了梳他的大背头，眨巴了几下眼睛，好半天没说话。国有资产流失的问题，其实他早有耳闻，只是装糊涂罢了，能少惹点事就少惹事，可这种想法又摆不到桌面上。他本来想把这个稿子废了，可唐尔黄来了句"能熟视无睹吗"。反驳又没反驳的理由，登这个稿又不想登。再一个，报社实行计件工资制，这是自己给各地记者站出台的改革措施。这五千多字的稿件如果说废就废，对下面记者们写稿的积极性也是个挫伤。想到这里，籍总编说："这样吧，这稿就不用在正报见了，登在内参消息，领导们知道就行了，不必在社会上引起大的震动。"见唐尔黄欲言又止的样子，他说："内参消息都是省领导们看的，各市的主要领导也能见到。就这吧！"

"噢。"籍总编已经铁板钉钉，唐尔黄也只能噢了一声。

过了几天，那份《内参消息》放在了鱼城市市长杜明智的办公桌上。看了之后，打电话让魏副市长、副秘书长高绍棠到他的办公室。他指了指《内参消息》说："你俩看见了吧？"

"内参消息？"魏副市长拿起内参看了看，《鱼城造纸厂该不该被卖掉？》的标题映入眼帘。"这个唐尔黄，管事管得宽嘞！"他从高绍棠那儿得知他两人的关系，所以没多说啥。

杜市长端起茶杯喝了一口茶，慢条斯理地安排着工作："尽管这事上了内参，但不能受它的影响，该干什么还是要干的。不过，这给我们提了个醒，以后在造纸厂这件事情上，该谨慎的地方就要谨慎，尽量不要留什么辫子，给人以口实。"

魏副市长、高绍棠都点了点头。

高绍棠说："杜市长，我们抓紧时间，排除干扰，稳扎稳打，不辱使命，一定把造纸厂的改制搞好。"

"说句实话，这事情是葛副省长交待的，我们大意不得。第一，不要再出什么瑕疵。第二，时间上一定要保证。魏市长你多检点一下这项工作。"

"好的。"

魏副市长和高绍棠出了办公室后，杜明智端起茶杯来又喝了一口茶，然后在办公桌上重重地蹾了一下茶杯。心想，这个唐尔黄……若是换了别人，我……不把你捏死才怪。前一段还找我给你办家属调动的事情……等着吧！

胳膊拧不过大腿。

市造纸厂拍卖工作尽管遇到职工们的抵制，但最终还是被卖给凤城的那个老板。

高绍棠来造纸厂宣布这个消息后，仝全兴傻眼了，李经理傻眼了，职工们也傻眼了。

一天下午，仝全兴来到记者站对唐尔黄诉说着苦衷，他苍白的脸上挂着忧愁，说是拍卖造纸厂，却不让造纸厂李德孝他们竞标，甚至还派出公安人员把着会场的入口处，连会场也不让进。凤城那个老板把造纸厂买到手，说底价七百万元，听说才出了二百五十万元，剩余的以后再说。

听着仝全兴倒着苦水，唐尔黄想，这年头，欲望硬盘的空间很大呀！他想安慰一下老仝，想了半天觉得实在没啥合适的话语，说些"想开点吧"之类的大话，他又不想说。下盘棋解解闷吧又不是时候。等仝全兴告辞时，唐尔黄才无奈地说："老仝，慢点走，等等再看吧！"

"也是，唉……"握了握手，全全兴骑着自行车走了。

望着老全远去的背影，唐尔黄想老全身体有病，这一下又添了个心病。

说起来，唐尔黄跟杜市长有段不浅的交情。

他们年轻时同在一块儿工作，经常在市委食堂的一个桌上吃饭。后来，唐尔黄到报社工作，杜明智平时有空爱写些杂谈时评之类的稿子在报上发表，而负责理论版的正是部主任唐尔黄，一个写得不错，一个管着版权，发个稿小菜一碟。再加上两人都爱打克郎棋下象棋，晚饭后，杜明智没事就常到报社活动室，和年轻人一块儿玩耍。后来，杜明智给市委书记当了三年秘书，就到县里当了县委副书记，之后是县长、书记、副市长、市长，两三年一个台阶，步步不误。其间，唐尔黄对杜明智的特色亮点工作及时跟进报道。杜明智回到市里当常务副市长后，他们之间的联系就逐步减少，唐尔黄觉得人家杜市长忙得很，自己也没啥事，尽量少麻烦人家。唐尔黄当时也没闲，他忙着围棋。常言道学会下棋不嫌饭迟。何况唐尔黄不是嫌这顿饭迟不迟的问题，而是这顿饭吃不吃或顾得上顾不上的问题。这样，两人的关系就由原先的亲密逐渐走向疏远。此外，还有一个不可回避的事实，那就是随着彼此位置、分量发生了质的变化——一个人有了显贵的身份，而另一个仍然保持在有身份证的地步，虽然后面的多了一个字但多得不值钱，二者之间的关系也随之而变化。

第五章　大吃一惊

唐尔黄以前喜欢下象棋，后来跳槽改成了围棋。

那年，中日举办第一届围棋擂台赛。在中方先锋失利后，江铸久披挂上阵，骁勇善战，取得令人欣喜的"五连胜"，国人沸腾。之后，日方的超一流棋手小林光一毫不客气地予以反击，连扳六局，中方岌岌可危："光荣"得只剩擂主聂卫平一人，而日方还有小林光一、"天煞星"加藤正夫、"棋圣"藤泽秀行。小林光一、加藤正夫被日方誉为这次擂台赛的"双保险"。黑云压城，中国棋迷都为聂卫平捏了一把汗。

那一段，唐尔黄每天翻看体育方面的报纸，关注着中日围棋擂台赛的进展情况。一天，他在《中国体育报》二版的"屁股角"看到一条消息：《聂卫平东征》。新闻消息也就是简单的二十几个字。

唐尔黄手里拿着报纸，默默地为中方祈祷，虽然希望聂卫平临危不惧，力挽狂澜，但他知道日方的小林光一、加藤正夫确实是两个难剃的头，在此危难关头，聂卫平能扛得住吗？风萧萧兮易水寒，壮士一去兮不复还。不知咋的，他的心头涌起了这句悲壮的诗句。

过了一天，传达室的人送来报纸，唐尔黄接过报纸后，二话没说，着急地翻看着体育报。

赢啦！聂卫平把小林光一赢啦！他看着报纸上面的报道，心潮起伏。

之后，聂卫平又降龙伏虎，战胜了加藤正夫与日方擂主藤泽秀行。

在国人的关注中，聂卫平提着氧气瓶在鲜花与掌声中凯旋。嘿！他用氧气瓶砸开了"双保险"，也让日方提前准备的祝贺仪式成了多余的摆设。

"围棋热"在中国狂燃！

唐尔黄放下那张报纸后，从身上掏出钱来对一名部下说："去，到体育用品专卖店买一副围棋，以后我学学围棋。"

夏天的一天晚上，在报社宿舍院子里，有两个同事下围棋。唐尔黄没在象棋摊那儿下象棋，走过来蹲在下围棋的那儿看他们对弈，知道什么是打劫，什么是布局，什么是收官。看了两盘后，他说："二位老兄，明天晚上我下下，可能会赢你俩。"

"不可能吧？净说大话。"一个同事说。

"明天晚上让我试试。假如我输了，一人给你们一盒蝴蝶泉。"说着唐尔黄掏出烟来给他俩递过去。

"是吗？嘿嘿嘿，那我们就等着抽一盒蝴蝶泉。好事。"

第二天晚上，那两个同事失望了——他们没有抽上整盒的蝴蝶泉烟，而是俯首称臣。

唐尔黄把原先对象棋的爱好转移到围棋上。

每天晚上，报社宿舍的象棋摊子上不见了其身影，他带着自己购置的那副围棋骑着自行车到外边找人去了。

从这以后，唐尔黄给妻子写的保证书也厚成一摞子，每每是保证以后"早点回家"这类大同小异的话语，但是，这些保证书似乎从来没有生效过。

正月十五上午，市里迎宾街上闹红火。

唐尔黄在妻子面前信誓旦旦地保证："今天是元宵节，说啥我也得带上咱孩子到街上看看闹红火。"

听了唐尔黄这话，妻子点点头，给孩子穿了件红色羽绒衣。嘱咐着："你带孩子看热闹，我在家里收拾收拾，好不容易才有个闲空。"

"好的。"唐尔黄骑着自行车，自行车横梁上坐着四岁多的孩子朝迎宾街的方向奔去。

到了街上，他发现街上看红火的人们还不多。他打问了一下，听说耍社火的在上午10点才开始。他看了看手机现在才9点多。寒风呼呼地刮来，孩子的脸冻得红扑扑的。在这儿还得等，到大槐树酒楼暖和暖和吧！

大槐树酒楼是申秀亮开的，那里平时聚集了不少的棋友，说不定现在就有下棋的，过去看看再说。为了怕孩子闹腾，他想了想，先到商店买了些小食品哄哄他。

来到大槐树酒楼门前，唐尔黄见有几辆自行车摩托车停放在门前，其中那辆除了铃不响什么都响的破自行车是马明高的。把自行车停靠在那棵大槐树下，他拉着孩子开门进去。刚上楼梯时就听见里面传来清晰的围棋落子声，他的脚步不由得快了许多。

一群棋友在一张桌前围成一圈儿。

唐尔黄把孩子领到一张饭桌旁，把买来的小食品放在桌上，嘱咐着孩子："你先在这儿吃，等会儿天气暖和了咱们看热闹去。好不好？"

"好。"孩子坐在桌前拿起小食品吃。

"慢慢吃，可不敢乱走啊！"他见孩子点点头后，就放心地来到棋摊前。

申秀亮和郝斌对弈。

马明高、陈亚军、"李飞刀"等几个棋友在旁边观战。

"你们下了一晚上？"唐尔黄着急地问。

"是呀。"马明高回答。

"唐记者来了？"陈亚军说："今天我过来看看，心里还纳闷这场合咋能少了你？"

唐尔黄笑了笑："这不来啦？一会儿……还得领孩子看社火。现在还早点，就先过来看看。"

陈亚军扭头看了看在一张桌子旁坐着的孩子，问道："你孩子？呀！好孩子啊，漂亮！"

唐尔黄笑着点点头。

这盘棋已经接近尾声，申秀亮的局面略占优势。点目后，申秀亮胜了三目半。

唐尔黄说："申老板，以后这酒楼得多准备上两副棋，僧多粥少。

你看大家在这儿都闲着。"

申秀亮看了看围成一圈的棋友，点点头说："好，好。"

郝斌棋输了，本来还想再下一盘，听出了唐尔黄建议的弦外之音，抬头看着他礼让了一下："唐记者，要不……你来？"

"我？我来就我来，下一盘过过瘾，一会儿还得带孩子看社火去。"

申秀亮的棋瘾也不小，他对大伙说："别的不敢说，哈，要说谁先下棋，老唐从来没客气过。是不是？"

大伙儿都笑了。

"千真万确。"唐尔黄说了一句，他也知道自己这个毛病。"这一点上，郝斌是咱学习的榜样，以后学着点，咱也得客气客气，让让人。"

"呵呵，唐记者有希特勒的勇气，假如哪个皇帝让让皇位，客气一下，估计他也不客气，这龙椅我坐坐。"

"哈哈哈，让皇位倒不至于，谁让棋位肯定上。来，快点！"唐尔黄说着从口袋里掏出红岭烟来每人发一支，然后把半盒烟放在茶几上。

申秀亮捻着手里的红岭烟转圈儿，对棋友们说："我记得哪年冬天的一个晚上，唐记者到外地采访回来，连家也没回就直接来酒楼，挎包里装着两条红岭烟。我们在火炉旁下棋，先搞下个规矩，谁输一盘，一盒红岭烟。结果到早晨时，哈哈，两条烟都装进我俩的口袋里。"说着他乐滋滋地指了指郝斌。

马明高看着郝斌一直笑。

郝斌点点头："马教练，老板人家闹得多。我看这生意不错，也上去试了试，才打闹了三盒，不多。"

"好生意呀。我咋没赶上？"马明高觉得有点遗憾。"哎，唐站长，再采访回来想下棋就叫我，我也闹上几盒抽抽。"

唐尔黄不好意思地笑了笑："马师傅……"

人们都笑着。

郝斌说："打闹的烟好抽是不是？"

马明高笑着点点头："好抽。"

开始对弈。

申秀亮说："哎，咱……总得有点意思吧？你说多少钱一盘？"

唐尔黄说："一会儿就得走，只下一盘，不闹。"

"刚来了就走？稀罕呀！"申秀亮说。

"过一会儿看社火去。"

"也不是没见过，闹社火的每年一个样。"

"让孩子看。"说着他指了一个方向。

申秀亮伸长脖子，往一张桌子那里看了看："噢。由你，这次就由你吧。"

马明高扭头看了一下正吃零食的孩子，见这孩子白白的脸蛋儿，浓眉大眼，穿着件红色的羽绒服，就问唐尔黄："你孩子？"

"噢。"

马明高夸着："这孩子，漂亮啊，好孩儿！"

……

"李飞刀"插了句话："哎，总得意思意思，才有意思。"

"以后再意思，今天不意思。"唐尔黄的口气很坚决。

"你们下赌棋？"陈亚军有点疑惑地问道。

马教练说："老陈，这是棋手的出场费。咱们段位低些，出场费就低点，一盒烟或五元、十元的都行。现在南方那地方都这样。"

"变化快啊！"陈亚军感叹着，"小马，你前段在深圳教棋？"

"也算吧。陪棋，陪一些老板下棋挣些补助。有时下些彩……也就是让他们两三子，假如我赢了得六百元。"

"赌啊？"陈亚军问道。

"老陈，六百元是出场费，出场费好听些。比如说我跟唐记者下棋，我的出场费是五元。如果唐记者今天输了，人家不给，不给也就算啦。"申秀亮说。

刚下了几十手棋，儿子翔翔跑过来扯着唐尔黄的袖子，说："爸，上街去。"

"吃完小食品啦？"

"吃啦。"

"这么快？"唐尔黄扭头看了看那张桌子："再等会儿，等我下完这盘咱去。"

"爸，你听。"

远处传来敲锣打鼓的声音，闹社火的上街了。

唐尔黄抬头看了一眼墙上的钟表，10点一刻多。他对儿子说："翔翔，再等上几分钟，爸爸下完这盘棋咱就看热闹去，好不？再等等啊。"

儿子有点不高兴，他嘟起了小嘴："还下？"

"再等等，再等等。"唐尔黄低头看着棋盘说。

过了一会儿，郝斌吃惊地说："哎？唐记者，你孩子咋不见啦？你看看。"

唐尔黄一惊，站起身来，目光从棋盘那里提起来扫视着酒店大厅的各个角落，呀！儿子没了踪影。他的脑袋嗡地一声，头皮都快炸了，冷汗从额头、耳鬓间冒出来："坏事了！"手里的围棋子"噼啦"一声掉在棋盘上，在棋盘上蹦了几下。

郝斌说："我们帮你去找。"

他们几个人来到街上。

街上人山人海。

抬冰山的，跑旱船的，扭秧歌的，大头娃娃的……还有一辆辆披红挂绿的彩车。彩车上面安装的高音喇叭播放着喜庆的乐曲。

一眼望不到边的人们站在街道两旁，观看热热闹闹的社火表演。

唐尔黄他们几个人分头去找，专门看四岁左右、穿红色羽绒服的男孩，看了七八个也不见翔翔。唐尔黄心想孩子看不见人墙里面的热闹，会不会顺着马路回家呢？此刻，他恨儿子为啥不再稍等一会儿？又恨自己为啥在孩子拽他衣服要上街的时候不上街，非要再下完那盘棋呢？围棋呃……万一丢了孩子，如何是好？如何向家里人交待？如何……平时都因为这个耽搁了多少看孩子的机会。今天好不容易带孩子出来，却……却带丢了！他一边骑着自行车，一边瞅着来来往往的小男孩，只要看见是穿红衣服的孩子就急驰过去看看，看了好多个都不是。他的心霍地提到嗓子眼，哎哟哟！

这时，马路中间正好走过一队抬冰山的队伍。观看热闹的人们一个个伸长脖子往里面瞧，孩子们骑在大人的肩膀上乐滋滋地看着。

　　这冰山是人们用水浇筑的。农民们为祈求风调雨顺，为防止庄稼被冰雹打砸而流传下来的一种社火。

　　三十二个后生用木杠抬着一座冰山。冰山后面是敲锣打鼓的乐队。这些后生一个个膀宽腰圆，头上都裹着雪白的羊肚毛巾，上身穿黄色衣服，下身是蓝色宽裤，腰里都扎着条红带子。

　　领头的是个老年男人。这个老年人喜眉乐眼，白胡子忽闪着。他没抬木杠，手里拿着一根长长的旱烟杆当指挥，在队伍前面尽情地扭着身段。

　　手里的旱烟杆往东一指，这个老汉就张开嘴巴开始吼：

　　　　后生们呀抬冰山，
　　　　嘎子嘎子往前走。
　　　　东边一群（哪）小媳妇，
　　　　大家的眼睛往那儿瞅！
　　　　你们说小媳妇们美不美？

　　后生们乐滋滋的，尽管肩上有根粗粗的木杠压着，但压不住对美的向往与追求。他们甩着胳膊，弓着马步，踩着鼓点，齐刷刷地应着那个老汉的号子：

　　　　小媳妇美来小媳妇俊，
　　　　俊呀俊呀实在那俊。

　　这号子，朴实无华，逗得看热闹的人们哈哈大笑。

烟袋杆再往西边一指，老汉又扯开了嗓子：

　　大伙抬头往西边瞧。

年轻人喊着：

　　抬头西边瞧！

老汉喊："瞧见啥？"

　　一群大姑娘看热闹。

老汉问："大姑娘们俏不俏？"
一群后生精神勃发，齐声应道：

　　俏呀俏实在那俏，
　　看得后生直心跳。

围观的人们再一次爆发出开心的大笑。

此时，唐尔黄就像热锅上的蚂蚁。他东瞅瞅西看看，鼓出的眼珠子在眼镜后面瞄着，瞄着红色的羽绒服，瞄着四五岁的小男孩。今天街上的人咋这么多？他埋怨着。

人墙里面，那个白胡子老汉把烟袋杆又指向了前面：

　　大家抬头往前瞧。

　　瞧见了！

　　瞧见啥？

　　大红福字迎风飘！

　　元宵社火好不好？

　　好呀好呀实在是好！

　　后生们精神抖擞，齐刷刷吼着。

　　……

　　唐尔黄沿着马路往回家的路上走，走了多半截儿，仍然没见翔翔的身影，哎哟！翔翔呀，你在哪里？

　　回到家里，唐尔黄看见妻子正往院里的一条铁丝上晒挂着刚刚洗了的衣服，衣服下面滴滴答答地掉着许多水珠子。他没顾上说话，急呵呵地放下车子，三步并作两步往家里蹿去。

　　见他一个人回来，妻子有点疑惑："翔翔呢？"

　　唐尔黄没回答，径直走。进了家里，他小声叫着："翔翔你在哪里？我给你买了好吃的，快点出来。"此刻，他希望儿子是在和他捉迷藏，他说了"好吃的"后，儿子经不住诱惑，从某个角落某扇窗帘后面高高兴兴地钻出来："爸爸，我在这儿！"给他个意外的惊喜。

　　屋里，没有丝毫的动静。

　　唐尔黄的精神防线彻底垮了，两条腿有些发软。他来到院子里轻声问道："翔翔没回来？"

　　妻子说："哎？你不是带孩子上街看热闹，怎么回来问我？"

"啊！"一听这话，唐尔黄的脸色苍白，魂儿几乎都飞啦！

"咋啦？翔翔呢？"见唐尔黄那失魂落魄的样子，妻子手里的衣服掉在了地上。她着急地问："到底咋回事？"

"我……我……"唐尔黄结结巴巴地说了一下大体过程。

"快去找！"妻子吼道："找不回来，我跟你没完！"

出院门后，唐尔黄骑上车赶忙到了岳母家，心想儿子回来后或许先到他姥姥家玩。他敲门进去，见岳母张罗着洗菜准备做午饭。他轻轻地问："翔翔来过没有？"

"没呀？"

"是吗？哪——那我再找找。"说了这话，他连招呼也没顾得上打，急忙转身走了。

出来后骑着自行车又往大槐树酒楼赶去，心想或许在他回家找孩子时，申秀亮郝斌他们找到孩子了。他一边骑车一边看着路边的行人，行人们的脸上都挂着节日喜庆的笑容，扶老携幼，优哉游哉地走着。

孩子们手里拿着刚买的色彩各异的气球，或是拿着一长串的糖葫芦……看到这些，他就想翔翔啊，你在哪里？他又想到这一段经常有孩子被人拐卖的情况，特别是小男孩……儿子翔翔面目俊俏讨人喜欢。如果被人拐走，这……这……他不敢再往下想。

蹦进大槐树酒楼，见申秀亮郝斌他们在椅子上坐着抽烟。一看唐尔黄来了都站起来。

郝斌问道："找到没？"

"没有。你们呢？"唐尔黄气喘吁吁地问。

申秀亮说："几个地方找了找，没见呀。"

"这可毁了。"唐尔黄一屁股坐在椅子上，六神无主，肝肠寸断地摇着头，"唉——"

郝斌给唐尔黄递过一支烟，拿起打火机给他点着，劝说着："别慌。说不定孩子到哪里，一个人看热闹呢。"

"但愿这样。"唐尔黄猛抽了几口烟，把多半截儿香烟往烟灰缸里一摁，说："我出去再找找。"起身就走。

楼梯上发出"咚咚咚咚"的声音。

听着这声音，申秀亮两手一摊："你看这事闹得……都是他妈的这棋瘾惹的祸。唉——"

大伙儿知道申秀亮叹气的原因。前不久申秀亮和妻子离婚了，离婚的起因也是因为棋瘾太大，光顾玩不顾家。

沉默。酒楼里被一阵抑郁的气氛笼罩着。

到了街上，唐尔黄的眼睛像猫一样四处搜寻着，对每一个穿红色羽绒服的四五岁的男孩必须过滤！

这时候，大街上看热闹的人们逐渐减少，耍社火的队伍也张罗着准备坐车回家。

抬冰山的后生们瞧见大姑娘、小媳妇时的心跳也就是在表演时猛跳了一会儿，而唐尔黄的心跳在此时却愈发加快了。孩子让自己好端端地带出来，现在却找不见啦，不要说交代不了家人，就连自己也交代不了。这可如何是好？如何是好？！

"你瞄路上的一分钱？"有人笑嘻嘻地问。

这声音很熟悉，唐尔黄扭回头来一看是武教练。武教练怀里抱着一岁多的孩子正准备回家。

"瞄啥一分钱？是几百万、几千万也买不回来的宝贝。我的孩子找不见了！"唐尔黄着急地说。

"啥？孩子找不见啦？"武教练睁大了眼睛。

唐尔黄点点头，眼睛却四处搜寻着。

"你干啥嘞丢了孩子？"

"还能干啥？刚才在大槐树酒楼下棋。"唐尔黄无力地说。

"是？"武教练安慰着唐尔黄，"别着急，先回家看看，说不定孩子回家啦。"

"也许，也许吧。"

"那——我回家了。"

唐尔黄点点头，看着武教练抱着孩子远去。而自己呢？两手空空。回家看看去，不行就报警。

唐尔黄骑车往家走。他家住在鱼城的最高处，回家得走好长一段的上坡路。往常骑车回家后感觉很累，到了家里总是先躺在沙发上抽一支烟歇歇再说。今天骑着自行车来来回回跑了不少路，骑着车上坡时腿上却很有劲儿，火烧眉毛。

妻子见他回来了，儿子却没回来，瞪着眼睛吼着："翔翔呢？"

在唐尔黄的印象中，妻子从来没有过今天这副河东狮吼的模样。他觉得理亏："我找来，到处找，没找见呀！"声音里带着哭腔。

"继续找！找不回来就别回这个家！滚！"妻子命令道。

唐尔黄挠了挠头，然后推着自行车出了院门。他想了想，要不，再到岳母家看看，看看儿子是不是在那里？

到了岳母家，还是没见儿子的影儿。此时此刻，他有点绝望。"翔翔还没回来？"

"这该问你自己呀。"岳母说："你说你带孩子，不好好带，把孩子带到哪儿啦？"

　　岳母说得对，他无话可说。他坐在沙发上，从口袋里掏出烟来抽烟。在这之前，他从来没在这里抽过烟，怕呛着他们。

　　岳母说："再以后得注意点，现在丢孩子的很多，万一丢了怎么办？"

　　一听岳母这么说，唐尔黄心里悬着的那块石头落了地。嗯，估计孩子在，只是不知现在在啥地方。他点点头，态度诚恳，做着检讨："以后一定注意。"

　　"翔翔在他姨姨家。回家的时候，遇见他姨姨。他姨姨见翔翔一个人走着，就把翔翔引回她家了，刚才打来电话。你看看，多危险，要是让别人带走咋办？"岳母语气平和地说。

　　善意地指出你存在的问题，犹如饭后你的嘴边挂着一粒米，别人不好意思说，只有亲近的人才肯给你指出来。

　　"啊。"唐尔黄几乎崩溃的神经得到了缓解。"这个翔翔，害得我好苦！"他长长地吁了一口气，身子靠着沙发，闭了一会儿眼睛，天呐……

　　隔了几天，新闻中心邱主任通知唐尔黄到市里开个会。

　　他来到市委办公大楼，在电梯门前恰好遇见杜明智市长走出电梯。

　　一个多月前，唐尔黄到杜市长办公室找过他，求他给自己办个事情，把家属从城区一家企业调到行政部门工作。唐尔黄的理由是自己干个东奔西忙的活计，妻子在企业除了每年"三八节"下午、大年初一下午有两个半天休息外，得上 364 天班，连个星期天也没有。再一个，自己的父母在农村，不能来帮助照料孩子。

孩子也一天天地长大，孩子身边总得有个人照顾。

杜明智说："现在从企业往行政单位调很困难，上边有规定。"

"少废话啊！好调？我还来找你？算我求你啦，这事得办办。"

杜明智说："我这里有许多事情都得办办。"

"群众利益无小事。现在你是市长，我是群众。群众利益无小事呀！"

"一边玩去吧，偷换概念。"杜明智笑着说。

"求你啦，办不办？给句痛快话。"

"看，我给你办事，你倒比我还牛！"

"哪里话？我敢比你牛？"

"行，行。唉，尽给找麻烦。"

唐尔黄朝杜市长一抱拳："谢谢！"

现在遇见杜明智。唐尔黄把他请到一边悄悄问："市长，那事情该办了吧？"

杜明智瞪着眼睛，悄悄说："那篇内参写得不错，句句往心窝上捅。再写上一篇，肯定办。"

唐尔黄一下子愣怔在那里。心想，卖掉造纸厂原来幕后的主使是你呀！我还以为是那个高绍棠。唉，说不写啦不写啦，咋又写？他心里充满矛盾。

杜市长诡秘地笑了笑："你大记者忙，我还有点事，走啦！"

唐尔黄没回话，伸手挠了挠头皮。

办理调动的事情搁浅啦！因为那篇稿。处一个人很难，一不留神惹个人却不难。

为了老全和工人们，惹了市里的二把手。这二把手绝不是下棋方面的"二把刀"。此时，唐尔黄的心里仿佛被锥扎了几下。

　　全全兴那着急的眼神，李经理那充满企盼的眼神，造纸厂职工们愤怒的眼神……挨个儿在唐尔黄的脑海里浮现。职工报的职能就是维护广大职工的利益，记者写这方面的稿件是义不容辞的职责。如今，因为这件事把个市长朋友也惹下了，代价不小。他想以后有机会了再找找杜市长，解释一下事情的来龙去脉。可他会听吗？有时候，事情会越描越黑。事到如今，孰轻孰重？也只能如此，听天由命吧！

第六章　凤城灯展

隔了几天，一群棋友在丹珠棋馆下棋。李飞刀告诉大家正月二十至二十八，凤城玉水湖公园有"煤海之波"灯展。

凤城煤业公司在首都举办的灯展引起了轰动，人人叫好。灯展结束后，公司领导层决定在凤城也举办一次，让市民们饱饱眼福。玉水湖公园占地一千五百亩。园内亭台楼阁、雕梁画栋环绕于碧波荡漾的湖旁，各种灯具星罗棋布，井然有序，蔚为壮观。

听了李飞刀的消息后，郝斌说："咱棋友们相跟上去看看灯展，再说也不远，开上车一会儿就到啦。谁去就报名啊？我来统计人数。"

郝斌是围棋圈内的热心人，他这一吆喝，有六个棋友都想带上家属去看看。郝斌算了算，共有十几个人。

正月二十五晚上，唐尔黄和郝斌、马明高、申秀亮等人在市工商大厦门前集合后，分乘四辆小车朝凤城驶去。

半个多小时后，他们到了玉水湖公园。

唐尔黄他们随着人流，一边赏灯，一边慢慢往前走。

乌金滚滚的输送带灯，展示着凤城煤业的发展前景；翩翩欲飞的仙女灯，给人以美好的遐想；唐僧孙悟空猪八戒西天取经灯，造型奇特，逗人捧腹；老寿星灯，拐杖上挂着葫芦，寿桃硕大；熊猫国宝灯，地上打滚，憨态可掬；顽童撒尿灯，那水水东一股子西一股子的，撒在一些人的身上，引发着一阵阵的笑声。

玉水湖上波光粼粼。玉湖桥在彩灯的照射下像条玉带横卧在湖上。

玉湖桥由花岗岩垒建而成，中间碹着一个大孔，两边各三个小孔，也有人叫它七孔桥，为玉水湖南北来往的捷径。

桥上，来来往往的行人熙熙攘攘。

在桥两端各有一组大型的组合灯展。

南端这边："桂林山水甲天下"，渔歌唱晚，灯光点点……

北端那边："九寨风光美如画"，山影朦胧，玉带锁腰……

这两组灯展，构图新颖，形象逼真。轻柔舒缓的古筝之声，闪烁其间的细碎星火，多姿多彩的人物造型，让人驻足观看，流连忘返。

在摩肩接踵的人流中，唐尔黄紧紧拉着儿子的小手，生怕再有什么闪失。他知道，那次看社火的错误绝不能再犯第二次。上次在酒楼因为贪棋让孩子走失，多亏孩子在路上遇见他姨姨，问明情况后，引他回了家，并告诉她姐姐和母亲，唯独没打电话告诉他，让他出了一身冷汗。他知道，她们也是出于善意，以此来惩罚一下自己的失职。

站在玉湖桥上极目远眺，整个公园宛如仙境：一组组灯展，一棵棵岸柳上装饰的七彩小灯，湖水中姹紫嫣红的倒影，构成一幅令人心醉的画卷。

桥上拍照的人很多。

郝斌拿着照相机给棋友们挨个拍照。大伙儿嘴里喊着"茄子"，希望把这美好的瞬间定格为永恒的记忆。

轮到给唐尔黄一家拍照时，唐尔黄抱起了儿子。郝斌招呼他们一家三口站好。可此时，唐尔黄看见桥上来来往往的行人很多。不知咋的，他突然有了一种不祥的预感，对郝斌说："不拍照啦！"说了这句话后，他急忙抱起孩子下了桥。把孩子放下后，他喘了口气，掏出烟来给了郝斌他们每人一支，几个人抽起烟来。

郝斌有些不解："老唐，为啥不照啦？"

唐尔黄指了指桥上，皱着眉头，说："你看，那么多人拥挤得太厉害。人们都在上面照相，更拥堵啦！再看桥的两端都有大型灯展，聚集了好多人围观，妨碍了过桥的人。这样的布局不太合理，如果发生大的拥挤咋办？"

听唐尔黄这么说，赵和玉叨叨着："呵呵，尔黄当记者当久了，神经有点过敏。"

李飞刀也说："是呀，这没什么。"

郝斌给唐尔黄圆场："老唐的分析还有道理的。"

唐尔黄没答话，他朝两边看了看，自言自语地说："也看不见个警察，我好说说这事，也没个岗亭……"

"走吧。"申秀亮吆喝着："再看看，再看看，咱们就回鱼城，时间不早啦！"

一行人又挪开步子往前走。

唐尔黄边走边说："这桥上有安全隐患。"

其他几个人都没吭气。

妻子说："哎，你这人咋了，就不能说些吉利话？"

"我是说发现隐患就该提提，可惜看不见个警察，怕有事。"

"乌鸦嘴。就你……"妻子不满意地剜了唐尔黄一眼。

其他人也不搭腔，专心观赏着湖畔的灯。

有时候，真心话不合时宜，往往被冷场。

唐尔黄见别人不痛不痒的态度，便轻轻摇了摇头没再说啥。他想起了上高中时遇见的那件事：

上高二时，班里同学张喜涛考上了一所中专。当时，恢复高考第二年，对农村孩子来说，考上个中专也不是件容易的事。

张喜涛分别询问了校长、班主任、代课老师和一些同学，究竟去不去上中专。

别的人都说去吧，先把农村户口变成城市户口，将来能有个工作。

当时，张喜涛、唐尔黄与其他两个同学被班主任称为班里学习上的"四大金刚"。

张喜涛来征求他的意见时，作为班长的唐尔黄说："既然你问我就是相信我，我也得对你负责。考上中专是好事，应该祝贺！我想说的是，若是班里其他同学考上中专一定要去。可你则不然，应该考大学，因为你有这个实力。如果是我考上中专的话，我就不去，先考考大学再说。"

听了唐尔黄的话，张喜涛犹豫着。他说："我问了好多人，除你以外，他们都说应该去，包括家里人。现在公说公有理，婆说婆有理，我真是拿不定主意呀！"

那几年，大学、中专的录取率也就是百分之三、四。说实话，考个中专也不是件容易的事。能考上个学校，对农村孩子来说出头之日也就来了。这也正是张喜涛摇摆不定的缘由。

唐尔黄看见张喜涛左右为难的样子，说："别人是别人，你是你。你对自己应该最了解。别人的意见可作为参考，但主意得自己拿。"

"谢谢你，班长。你说的有些道理，可事到如今，我……我，唉！"

时隔不久，学校召开全校大会。会议结束时，校长在主席台上说了这么一句话："前一段，咱们学校的张喜涛同学考上了中专，可喜可贺！这是咱们学校的光荣。高二就考上了中专，多不容易呀！可有个同学，嗯，不知天高地厚，给人家建议说不去。我说啊，你以为咋？这中专好考吗？"

同学们，特别是班里的同学，都知道说"不去"的人是谁。

唐尔黄无奈地低下头，不愿意瞧别人。

几天后，张喜涛到那所中专报到。

事后，班主任把唐尔黄叫到办公室开导他："尔黄呀，你这人我知道，好心。有的时候，对人对事不能太死心眼。张喜涛考上了，他曾征求过我的意见，我说应该去，这是好事。我也知道，班里也就你们四个人考大学还有点希望，但说话要有点回旋的余地。你看，万一喜涛明年考不上大学，他会怨谁？听你的，过了这个村就没这个店，咋办？"

唐尔黄觉得班主任说得在理。他说："我以后注意，谢谢老师的开导。可我说的都是真心话啊！"

"我知道。有时候即使话是真的对的，但也不能说。好心不一定有好报。不管在啥时候，你都要学会自己保护自己。"

"噢。"唐尔黄点点头："好的，我以后改改这毛病。"

第二年高考后，唐尔黄和另外两个同学都考上了大学。

寒假时，张喜涛专程来到唐尔黄家找他聊天。他说："尔黄，当初我考上中专，去还是不去很难选择。现在看来，当时你的建议……尽管当时就你一个人那样认为。"

见同学这样夸奖自己，唐尔黄有点不好意思："呵呵，那时候我瞎蒙了一下。"

其实，唐尔黄也遇到了类似的情况。父母亲也让他考中专，并且还请来老师和亲戚一块儿劝他，说考个中专更靠谱点。当时农村的教学条件差，许多课连代课老师也没有，学习的知识也是缺苗断垄。有个城市户口有个工作，是那时候农村孩子的奢望。在大伙的合力劝说下，唐尔黄只好答应考中专。

那天下午，他手里拿着课本左思右想，为啥不考大学？想了半天后他改变了主意，并把想法告诉了母亲。

母亲说："考上大学当然好，考不上咋办？"

"如果考不上，就回村当农民种地。"

母亲想了想："那就由你。"

他让自己思考了一下，同时也把他的心放在火上烤了一回。

如今，在公园又遇到这样的事，别人也许没意识到这个问题的严重性，或许意识到了也不想说，而自己就像那个《皇帝的新装》中的孩子，不怎么成熟。

人，用两三年学会说话，却要花多半辈子的时间来学会闭嘴。为啥？话多就容易惹得事多。学会说话容易，学会闭嘴难啊！好啦，这次咱也不吭声啦。走吧，也许没事，但愿没啥事情。唐尔黄在心里这样宽慰着自己。

看完灯展的第三天上午，唐尔黄正在记者站写稿，手机响了起来，他看了看是郝斌打来的。

"唐站长，哎呀，昨晚上玉水湖公园发生了踩踏事故。广播电台今早上播啦。灯展挤得……从玉湖桥掉下淹死了一百五十多人，踩死了六十多人，还伤了不少，惨呐！你当时说得对。你看看，这事情闹得……唉。"郝斌的话里充满着悲戚。

"是吗？噢，我知道了，谢谢你！"放下手机后，唐尔黄站起身来点着一支烟。纷纷扬扬的烟雾里，他的脸显得有点怅然若失。死的死，伤的伤，二百多人啊！他闭上眼睛想象着昨晚玉湖桥上的情景，人们挤成一团，哭爹喊娘，撕心裂肺，有的人从桥上掉进了冰冷的湖水里……有的人被一双双冷硬的皮鞋踩踏着，伸着手臂，苦苦挣扎……想着这些，他的眼圈有点发红。

中午，唐尔黄迈着沉重的脚步回到家，妻子也下班回来了。

妻子说："听说昨天晚上玉水湖公园……"

"知道啦。"唐尔黄打断了妻子的话语。

他坐在沙发上不吭声，静静地点了一支烟默默地抽。

妻子见他不吭声，没再说啥，赶紧进厨房忙乎着做饭。

第七章　孤注一掷

在鱼城，对弈者创连续作战时间最长纪录的当属赵和玉、申秀亮，若说创带彩最大记录的当属赵和玉和老汪。

"非典"前夕，赵和玉正式退休。他耐不住寂寞，便在正太街租个场地开了网吧，名曰"迪迪网吧"。网吧开起来后生意还蛮不错。这个网吧的地理位置好，靠着十字路口来往方便，附近还有几所学校，高中初中的学生，社会上的年轻人都爱来这里玩。

赵和玉雇了几个管理员招呼网吧，家属守着吧台，数钞票的是自家人他便放心。网吧楼上的两层和地下室一层能放一百二十多台电脑，人来人往的，看着每日进账的金钱，他乐得嘴都合不拢。日常业务由管理员招呼，他不缺的就是时间，就置办买了两副云子围棋，两个敦实的棋盘，请来武教练下棋，茶水香烟招待，下上几盘让子棋，然后给他复盘讲解哪手棋好哪手棋臭，布局中有啥毛病。他支着耳朵听。练了半年多，他的下棋水平由原来的二段升到了三段。

一次，他问武教练，凭自己的水平和谁单挑比较合适，再带上些彩。

武教练想了想，告诉他和唐尔黄、老汪有一拼。如果和申秀亮下彩，人家得让你两子。

赵和玉雄心勃勃，决定先拿老汪试试刀锋。他认为老汪棋力差些，再一个老汪最近有五万多元钞票到手。

老汪在兴华纺织厂上班。厂里亏损倒闭后，他买断工龄领了钱。聊天中知道这些情况后，赵和玉想从他身上往回扳一扳，堤外损失堤内补。在此之前，和唐尔黄下棋输了些，和申秀亮下棋更是让人家打得"生活不能自理"。 唐尔黄还说赵总该些，每天陪你个退休老干部老企业家下棋开心解闷，总得有点茶水费吧，要不谁跟你磨指头？

老汪拿上买断身份的钱，赵和玉就像猫儿撩逗下老鼠："老汪，每盘二百元输赢，干不干？敢不敢？"

老汪在工厂干活，脾气倔强，如今听赵和玉这财大气粗的油腔滑调，哪能咽下这口气？"下就下，谁怕谁？听见咕咕鸟叫，人们还不敢种庄稼嘞？"

赵和玉的棋艺比起以前来虽说有了点长进，但老汪也不是什么省油的灯。老汪经常找略强于自己的人下棋，棋艺也提高了不少。平常下棋时老汪经常点点目，判断一下局势，这比唐尔黄赵和玉两人要好些。唐尔黄是大体判断，嫌悄悄点目麻烦。赵和玉有时刚点了前面的目，后面再点，就像狗熊掰玉米棒，掰了后面的就丢了前面的，一团糨糊。

老汪自从应战后，每天下午三点多就来到网吧，两人在地下室对弈。每天输输赢赢，一个多月下来，老汪共赢了赵和玉整整二十盘棋，也就是四千元。

赵和玉总是找些这样那样的借口拖着没给。

老汪有点怨气："赵老板，红嘴白牙的，这出场费啥时给？都四千元了。"

"哈哈，着啥急？短不下你的，我开着个网吧还能欠下你的？过两天还。"

第二天上午，趁网吧不太忙的时候，赵和玉早早就摆好了棋盘，泡上茶水，请武教练来给他的棋路诊断"病情"。

武教练平时有空也看看赵和玉老汪的对局，但从来不予评论。此时，他对症下药，指出老汪的长处赵和玉的短处："你看啊，人家老汪，布局阶段比较注重外势，这为中盘的搏杀打下基础。你呢，一开始比较注重实地，可在中盘时又喜欢和人家扭杀在一起，这不是以卵击石？围棋就是这样，你不能把实地占了，还不想让人家有点外势，好处都是你的。这与棋理不符。在棋盘上下棋也和生活中一样，你把肉都吃光却舍不得别人喝点肉汤，别人啥心情？人心不足蛇吞象。赵总，我这话虽然不咋好听，但棋理就是这样，生活中也是这么回事。是不是？"

赵和玉点点头。

武教练做着示范，他在棋盘上摆了十几个黑子，占的都是边角实地，又在白棋的势力范围摆了两三个黑子："你看啊，假如你把实地占了，看人家有了外势，就贸然打入，放进来的黑子如羊入狼群。这种情况下，一般会有两种现象发生，一、这些子可能被吃。二、打入的棋也许勉强能活上个几目，但一路腾挪，说不好听的就是逃跑，一路上被围追堵截，难受得很。即使活下来，对方趁着追杀黑棋的机会，把你原先占的实地也侵占了不少，甚至还威胁到其他地方的黑棋。你想想失败原因是不是这？"

"是的。今天求求师傅给个招法。现在，我输给人家二十盘啦！钱倒是小事，可面子上……面子上挂不住啊！师傅，你看老汪那得意劲儿。请师傅针对我俩的棋给支上几招，来个定向爆破，呵呵！"说完这话后，他站起来伸了伸懒腰，然后从身上掏出钥匙打开储藏室的门，从里面拿出一盒红岭烟和两个瓶装饮料放在桌上。

看着赵和玉这一连串的动作，武教练不由得笑了笑，他清楚这老头虽然有钱，但平时舍不得出血，当个葛朗台的师傅绰绰有余，今天算大方啦！他笑着说："赵总，你今天是想下点血本。"

听师傅这么说，赵和玉不好意思地笑了一下，没吭声，他打开瓶饮料先给师傅递过去，接着又打开一瓶仰起脖子咕咚咕咚地灌了下去。"我给老汪打电话，告诉他今天下午来，我要报仇雪恨！"

围棋，是一项脑力与体力相结合的运动。它需要定力与超脱，需要眼前利益与长远利益的协调与取舍，需要缜密与淡然。

下午三点，老汪喜滋滋来到网吧。他嘴里哼着小调，穿着平时那件几乎不换的摄影服来了，摄影服上有许多个小兜兜。

赵和玉在吧台那儿等着，右手手心朝上做了个邀请动作，打招呼说："哟，汪债主来了，请！"

老汪看了赵和玉一眼，露出一丝笑容，继续倒背着双手在前面走着。赵和玉则屁颠屁颠地跟在身后。

下到地下室在棋盘前坐下后，赵和玉说："老汪，我算了算，输给你二十盘啦，共四千元。"说着，他的右手伸开往上举了举，"我想，今天咱们来个了结，一盘四千元。你赢了，咱新账旧账一起算，我给你八千元，立马在吧台上取，或者你搬走几台电脑也行。如果你输了，四千元的账咱一笔勾销！敢不敢？"

赵和玉这话咄咄逼人。老汪先是愣了一下，他静静地看了对手一会儿，然后冷笑着说："这么大的彩？你不怕再输了？"

"今天，老头豁出去啦。不管输赢咱来个痛快！"说着，赵和玉把胸脯往前挺了挺，像赴刑场似的，雄赳赳气昂昂的气势。他想用这个动作激将老汪。

"赵总，你说话算数？"老汪眨巴着眼睛问道。

"君子一言，驷马难追！"

"那就好！来吧，猜先。"老汪伸手从棋盒里攥起几个棋子。

赵和玉气沉丹田，口里喷出一个字："单！"

老汪把右手松开，几个棋子落在棋盘上发出清脆的响声。

这时，唐尔黄和申秀亮说笑着来到地下室，看见赵和玉老汪正在棋盘上数子。申秀亮拉长了话音："嘀嗨——一对儿老冤家——独木桥上又碰见啦？谁也不尿谁哇——"

老汪扭头见他俩来了就说："老板，唐站长，人家赵总今天提价啦，这盘棋四千元呐！"

"啊？！"一听这话，申秀亮的眼珠子几乎鼓得掉出来，"疯了吧，你俩不能小点？"

"申老板，唐站长，事到如今，我想做个了结，把以前的账清了。要不一直欠着人家的也不是回事。"赵和玉把右手伸出来摆了几下。

这么大的彩。唐尔黄看着老汪，心里有点担心："老汪，你答应啦？"

老汪知道唐尔黄是好心，他看了看唐尔黄，显得信心很足，嘴巴一撇："我怕他个啥？割草的还怕吃草的？他说四千元就四千元！"

见两个对弈者谁也不服谁的架势，申秀亮在原地转了个圈，嘴里哼哼着："天上掉下个林妹妹，似一朵轻云刚出岫……"唱了开头两句后，若无其事地走到一台电脑前打开了电脑的开关。

这盘鱼城围棋史上赌注可谓最大的棋由赵和玉执黑揭开了帷幕。他用食指中指夹着一枚棋子轻轻地落在一个角部的星位上，姿势很优雅，很专业。

唐尔黄站在棋盘前看着。他想赵和玉欠下老汪二十盘，每盘二百元。这一盘万一大意失荆州岂不前功尽弃？可转念一想又告诫自己，这是人家的事，与咱无关，观棋不语。

申秀亮在电脑前大声咳嗽了一下，眼睛往棋盘这里瞟，见唐尔黄还在棋盘前站着没反应，就说："老唐过来吧，在电脑上下棋。这么大的注儿吓死个人。你在棋盘前，就是无意咳嗽一声也可能惹事，人家以为你在暗示啥。"

噢。唐尔黄心里感谢申秀亮的善意提醒。这时候在这里观棋有瓜田李下之嫌，不怎么讨好。此刻，最好的办法就是快点躲开这是非之地，别没病揽伤寒。他走过去也打开了一台电脑。

地下室里静悄悄的，轻微的落子声从棋盘那边传出……

唐尔黄坐在电脑前在网上下围棋，心里却惦记着老汪赵和玉这盘棋，究竟鹿死谁手，确实不好判定。赵和玉输给老汪那二十盘棋，是长时间积攒下的。有时候他俩正下棋，网吧里若有事情横插一杠，赵和玉就得半途上去处理，多多少少会分散他的精力，现在……

唐尔黄、老汪和赵和玉，三个人在棋艺上几乎是半斤八两，谁的状态好，谁就有赢的希望。刚才一听赵和玉给棋涨了价，老汪居然还愣头愣脑地答应啦！赵和玉承包企业时打闹了不少，如今又开网吧又炒股，钱不是没有，可拖着不给，说起来有点不仗义。

前不久，唐尔黄与赵和玉下过一次棋。

那次，唐尔黄赢了八百元。赵和玉又想拖，拖着想喝水。当时，唐尔黄来了个电话，有点事必须得先办理一下，他商量着说："赵总，我先去办事，改天有空了再下。"捎带说了句："可不能喝水啊！"前几次下棋，赵和玉磨磨蹭蹭，不是喝四百元的水，就是喝八百。别人却不能喝他的水，丁是丁，卯是卯。

赵和玉觉得这句话丢了他的脸，心里有股无名火。他从兜里掏出钱数了八百元："噼——"顺手摔在地上。

唐尔黄没想到赵和玉竟然来这一手，问道："哎，赵总咋啦？你要给就给，摔在地上干啥？"

赵和玉冷笑着，嘴巴往上一翘："想要就从地上捡。"

唐尔黄看了一眼地上散落着的钞票，没好气地回答："咋？输不起啦？告你啊，秋菊一个农村妇女，人家还不捡别人扔在地上的钱，何况我？"说完这话，他转身离开了地下室。

当时，武教练申秀亮正在电脑上下棋。这一幕他们看在眼里却装着没见，眼睛盯着电脑屏幕，没往这里看一眼。

唐尔黄走后，申秀亮和武教练就刚才的事劝说赵和玉。

"赵总，不能这样啊！输了棋但不能输了人。好端端的，一摔钱把棋输啦把理也输啦。"申秀亮说。

"对，申老板说得在理。老赵，既然你们定下规矩就得按规矩来。你往地下摔钱，不管咋样，总是显得没气量。刚才唐记者在场，我们不好说话。再一个，都是每天见的熟人，你这样……"武教练接上了话茬。

两人都是这看法？赵和玉站在原地愣了一会儿，想了想："没想到事情这么严重。唉，刚才输了棋不冷静，我失了分寸。你们看，咋弥补呢？"

申秀亮说："赵总，老唐刚走，你也别急。这事嘛，明天上午你给老唐打个电话，说自己反思了一晚上，觉得自己错啦！欢迎以后再来下棋，八百元奉上。"

"对，对。"武教练呼应着，"这招儿不错。"

赵和玉听了两人的开导，点了点头。"唉，好，好。明天上午我给人家打电话吧。"

这时，赵和玉"哎哟"了一声。

唐尔黄扭头看了看，见赵和玉在棋盘前一只手托着右脸的腮帮子，许多皱纹在手指尖那儿挤着。唐尔黄站起身，想过去看看赵和玉哪手棋出了差错，转念想起申秀亮刚才的劝告又坐下来。再看自己网上的棋，右下边的角反而被对手掏空了，这几个棋子甚至还面临被上下夹击的危险。下棋应心无旁骛，一心二用哪能行呢？他想。

时隔不久，听见老汪的一声叹息。叹息，不会平白无故地发出，估计遇到什么难题啦！

老汪背对着唐尔黄，看不到他的面部表情。别管人家的事，下自己的棋，自己这片被点角的棋还没做活呐，浮在上边成了无根的萍。尽管唐尔黄这样告诫自己，眼却忍不住往那边瞟。唉，咸吃萝卜淡操心。说实的，唐尔黄心里希望老汪能赢了这盘棋。老汪现在下了岗，经济拮据。他的脸色发黑发黄，身上穿着的那件破旧的衣服，多少天也不换一次……再看赵和玉，西装革履，面色红润，经常搽这膏那霜的。若是老汪赢了这盘棋，或许生活能改善一下。

"赖皮，这家伙输了棋不认输。"申秀亮在对面电脑前骂着，"这家伙败了就败了，输不起，耍赖填空干耗时间，隔几分钟才走一手填空棋。唉，遇上这种无赖，算没法！"说着他用鼠标点击了网上认输的小方框，起身转到唐尔黄这里，问棋咋样。

唐尔黄指了指屏幕："这块棋被点了三三，还得做活。"

申秀亮看了看屏幕，搬了把椅子坐在旁边，两人商量着如何行棋。唐尔黄和电脑上对手的棋艺差不多。现在申秀亮过来帮忙，两人对付一人。不一会儿，屏幕上显示对方认输。下完这盘棋后，他两人点着烟悠悠地抽，就这样干坐着，也不敢过棋盘前看看旁边的实战，究竟谁的棋局好些。

那边的老汪似乎也受了传染，他的脑袋枕在棋盘上，手却在桌上摸着烟和打火机，摸了几下才摸起一支烟。

看着老汪专注的样子，申秀亮拽了拽唐尔黄的胳膊，嘴巴朝那边努努，挤眉弄眼地笑着。

唐尔黄往那边瞅，见赵和玉皱了皱眉头，一只手在脸前左右摇摆，扑闪着迎面而来的烟雾。

"不敢过去啊，这时候……"申秀亮轻轻摇了摇头，悄悄地叮咛着，"特别在这时候……四千块哇！"说着，他扳着大拇指的一只手突然被啥烫了似的朝地上甩了几下，接着又吐了一下舌头。

看着申秀亮吐舌头甩手的样子，唐尔黄捂着嘴笑。

……

"两老弟，过来点目。"赵和玉抬头朝这边喊了一声。

"尘埃落定，一地鸡毛。不知鹿死谁手哇！"申秀亮忽颠着脑袋发出感叹。"唐记者，走，过去看看。记住，这时候咱才能过去，人家请的，咱才能……"他对唐尔黄说。

唐尔黄点点头。

两个人一前一后走过去。

棋盘上，黑白两色棋子扭在一块儿像肉搏战，咬耳朵、抓脸、卡脖子、薅头发……战场上残火明灭，余烟袅袅。

申秀亮弯下腰在棋盘上点目。

唐尔黄站在一旁观看。

申秀亮小心翼翼，先把棋盘上双方的死子拿去。拿黑棋死子时，嘴里叨念着："三个，三个啊！"拿在手里递过来再递过去让两名棋手验证。拿白棋死子时，强调着："两个啊！"再张手再验证，然后再放进棋盒里。

唐尔黄嫌申秀亮这些动作显得累赘，就说："哎呀，你这点目比升国旗仪式都隆重。"

"哎，你看你，唐记者……这是开天辟地头一回呀。这么大的注儿，假如有个差错，咱交不了差！"申秀亮坚持着自己的做法，他把目数先默点一遍，再复点一边。然后站直了身，不紧不慢地说："哎，这可是八只眼睛盯着的，点目结果，"他拉长声音，庄严宣布："黑棋——胜一目半。"

这时，压抑不住的笑容出现在赵和玉的脸上。脑袋向后仰着，两眼朝天，鼻孔呈平射状态，一声独特的笑响彻整个地下室："喔哈哈哈哈……"他的两排后牙帮子毫不保留地给在场的几个人展览着，磨牙的工作岗位上有两个位置已经空缺。

老汪猛地拍了一下他的大腿，看着申秀亮唐尔黄两人，后悔不迭："唉，吃了这五子，我的棋就占优啦，偏再折腾……"说完，他把脖子搁在身后的椅背上，两眼盯着地下室的天花板，发出一声长叹，"唉——"

放浪地笑完后，赵和玉从沙发上站直身，看着申秀亮和唐尔黄，很有风度地挥了挥手臂，模仿着首长检阅部队的样子，右手一扬："同志们，辛苦啦！"

遗憾的是，没有"为人民服务"的声音来配合他的检阅。

老汪的脖子依然搁在椅背上不愿离开。撕心裂肺，追悔莫及，低低的声音："一里一外，八千块！"

唐尔黄和申秀亮都未吭声，他俩控制着自己的情绪。

这时候，不能祝贺谁，也不能安慰谁。如果表态完全是没事背着个鼓四处转悠着找槌擂，赔本的买卖。

只有木头人一般的表情才是此时最佳的选择。

一目半，八千元。老汪一个月的心血全都打了水漂儿。

至此，老汪淡出江湖。

鱼城围棋界"二把刀"行列中并驾齐驱小有名气的三驾马车少了一驾。

离鱼城五公里的地方有座山叫棋盘山，传说这座山就是围棋的发源地。

前几年秋季的一天，马明高武教练唐尔黄申秀亮等十几个棋手骑着自行车到过一趟棋盘山。上山看了看树叶火红的风景，主要是想看看山上留下的那个棋盘——刻在一块石头上的棋盘。

十几个人转悠了半天，终于在半山腰上找到了传说中的那个棋盘。

三尺见方风雨剥蚀的一块石头上，依稀可辨几条纵横的纹络……

"尧造围棋，丹珠善之。"当年，尧是不是在这个棋盘上下过棋，已无从考证。

大伙挨个儿用手抚摸着这块石头棋盘，大概都想沾点灵气。

此时，山风呼呼地吹着，仿佛在诉说什么。

当代鱼城围棋热的再次兴起，得益于北京上海等地知青到鱼城郊区的插队落户。有的知青劳动之余喜欢下下围棋。一些人稀罕黑白棋子这种游戏，觉得比其他棋类有意思，有空就围着知青们看下棋。

市总工会和体育局也不定期地举办职工围棋赛为其推波助澜。后来，虽说知青们返城了，但撩起的围棋热再没冷却下来。

"非典"来了。尽管是夏天，街上许多人都戴着口罩。

这一段，由于"非典"的原因，来迪迪网吧上网的年轻人寥若晨星，生意惨淡。赵和玉看见这么多的电脑闲着，心里就有点发愁。

前不久，申秀亮开的酒楼转让给别人经营。这一段他闲来无事，每天就到迪迪网吧找赵和玉下棋。

瞌睡的遇见个递枕头的，两人每天靠下棋打发时光。

申秀亮用话语撩逗着他："赵总，呵呵。你光和别人下彩，这好事咱咋遇不上？"

"嗨，你呀，比我们几个人水平高。我们之间下点彩还行。和你下彩，那是肉包子打狗，有去无回。"

"我赢了你也没意思。这样吧，让你两子咋样？"申秀亮补充了一句："呵呵，这可是跳楼价哦！"

让两子？赵和玉考虑了一会儿："嗯，这还差不多。"

这时候，几个穿制服的人来到网吧说找老板。

赵和玉赶紧从地下室上到一层接待人家。

穿制服的说，这段时间"非典"闹得厉害。为防止传染，上级命令暂时把网吧关了，请老板予以配合，啥时再开等候通知。

赵和玉点点头，说："我一定配合，待会儿就关门，等啥时有通知再开。"

穿制服的走后，赵和玉就安排工作人员处理完一些事情，让他们回家。他掏出手机给老伴汇报着情况："……我已经安排工作人员回家啦！这一段我就守在这里招呼，这么多的电脑，怕电脑主机丢了，丢一台主机两千多元呀！"

"噢，噢。这几天你可注意休息，可别玩棋啊！"老伴在电话里嘱咐着。

"好的。我注意休息。"放下手机后，赵和玉把右手食指按在中指上，打了个响指，"啪！"

"看人家赵总……牛！"申秀亮夸奖着赵和玉，"年轻哇，哪像六十多的老汉。"

待网吧工作人员走了后，赵和玉掏出钥匙走到门口蹲下去反锁了大门，站起身来后，朝申秀亮悠长地来了一句："亮儿娃，看老汉如何收拾你！"

"好，好。"申秀亮忙不迭地配合着。

两人相跟着往地下室走。

走到楼梯口，赵和玉顺手把地下室的灯打开几盏，说："就咱俩，没人打扰。面包饼子饮料……吃的喝的，库房里都有。喔哈哈哈，赢你个娃儿。"

见赵和玉好不容易上钩了，申秀亮哈哈一笑，说："有本事你就亮出来。"

自从那一盘定乾坤赢了老汪后，赵和玉的底气有点儿足，再加上申秀亮答应让两子，嘴角浮上一丝笑容："亮儿娃，你以为老汉我这头好剃？"

第八章　三昼夜

最近，唐尔黄迷上了上网，在网上写作。

那次，市新闻中心通知他参加一个会议。他去了后发现这次会议很排场、很讲究。

一位官员在台上发言，旁边还多站了一个女翻译员。官员讲上一两句，翻译员就看着稿子念英语。

起初，唐尔黄以为主办方邀请了什么外国人前来参加这次会议，可大体一看，座位上的人都是黑头发黄皮肤的人。这就怪了，或许有少数几个外国人？为了搞清这件事，他离开自己的座位，猫着腰在会场四处查看。这个局那个委的，这里的人几乎都认识呀。有个熟人拽了下他的胳膊，悄悄问在会场他转悠啥。他说看看。转悠了一圈，结果很失望，满场子没个蓝眼睛高鼻梁的人，也没有黑油油卷头发的人……怎么回事？

会后，他找到新闻中心邱主任问有没参会人员的名单。

邱主任利索地告诉他，参会的都是市里各单位的负责人。

唐尔黄笑了笑，没有说啥。多亏是亲眼所见，若是听别人说，他还不敢相信。他想，就这么一个普普通通的会议，为啥搞个英语翻译，岂不是脱裤放屁？他本来就此想写个新闻，对会议的花拳绣腿发个花边新闻，肯定能在社会上引起反响。转念一想，不要给人家邱主任惹麻烦。这事情当时也就放下了。

在几千年的传统文化中，随大流、搞排场等说教有很大的气场。此时，唐尔黄结合上次会议的情况，写了个帖在"天天论坛"发表，网友们跟帖讨论的很多。他用虚拟而荒诞的笔法讽刺了社会上存在的华而不实、劳民伤财、好大喜功的现象。

黑山镇五万人同时解手破吉尼斯世界纪录

本坛讯（记者唐尔黄）昨日上午十时，一条爆炸性的新闻让人瞠目结舌：黑山镇各行各业全动员，男女老少齐上阵，搭建了五万个临时帐篷厕所，动员五万人士前往蹲厕，创造了绝无仅有的五万人同时解手的纪录，填补了该镇目前尚无吉尼斯世界纪录的空白，谱写了一曲"创造辉煌舍我其谁"的壮丽乐章。

本坛记者千里奔驰赶往黑山镇，有幸目睹了这一伟大时刻的伟大壮举。

该镇"好大喜功"广场上，五万个帐篷亭亭玉立，异彩纷呈；五万名选手精神饱满，斗志昂扬。广场上空，四个硕大的气球挂着的条幅分别写着："领导给力"、"群众卖力"、"全球瞩目"、"鹤立鸡群"。

创造"五万人士同时蹲厕"纪录仪式由该镇副镇长黑皮四卦主持。

上午九时三十分，黑山镇常务副镇长万年小妖在主席台上，做了慷慨激昂的动员报告。她声情并茂地对着麦克风说道："父老乡亲们，一个伟大的、光荣的、激动人心的、夺人眼球的历史时刻即将来临。在此之前，我们已经做了充分的准备，成立了我镇五万人同时解手破吉尼斯世界纪录的领导小组，组长为河马死尸，常务副组长为万年小妖，副组长有黑皮、蒙猪、勇敢几个副镇长担任，成员由会务组各组长担任。我们制定了缜密而可操作性的方案，采取了激励措施……这充分说明我们对该项工作的高度重视。父老乡亲们，让我们自豪吧，让我们骄傲吧！我镇即将创造一项伟大的吉尼斯世界纪录，让地球人震惊吧，让他们张着大嘴、瞪着小眼，激动得语无伦次，或者半天说不上一句话来，沉浸在无比的幸福之中。

我相信，这项横空出世的纪录，对于提高我镇在地球上的知名度，对促进、开发我镇的旅游事业，都具有巨大的现实意义和深远的历史意义……"

小妖讲话完毕，副镇长蒙山走到麦克风前，神情肃穆地抬起右腕，眼睛盯着手腕上的劳力士手表，等到九时 59 分 58 秒，他拿起哨子，对着麦克风严肃而庄重地吹了一下："呜——"

五万男女老少闻听此声，犹如战士听见鼓角，迅速冲向自己早已预定的帐篷。

……

——一项伟大的纪录，终于呱呱坠地了！

经过公证处两名工作人员的公证后，两名吉尼斯世界纪录工作人员把一本证书颁发给河马死尸、万年小妖。

对此，五万名选手与众多的围观者热烈鼓掌，载歌载舞。

镇长河马死尸满脸堆笑、阳光灿烂地对前来采访的记者说："记者先生们辛苦了，对于你们的光临、你们的支持，我谨代表黑山镇人民表示衷心地欢迎与感谢！

这次举办该项活动，我镇发扬不讲大话、空话、套话、假话的优良传统，结合镇情，实事求是，绝不沽名钓誉，绝不劳民伤财，绝不哗众取宠，创造了亘古未有的纪录，书写了我镇历史上最为光辉、最为灿烂的一页。

面对成绩和荣誉，我们要不骄不躁，开足马力，集思广益，在不久的将来，我们还想再破'万人扔破鞋'或'万人甩尿盆'的吉尼斯纪录。

……

我镇拟拨出部分资金，对上述人员各奖励宝马轿车一辆，对五万选手各奖尿不湿一件、挖耳勺一副。"

再看好大喜功广场，人头攒动。诸位选手神采奕奕，他们都为自己能荣幸地成为破纪录的拉撒选手而扬眉吐气。

这一段，唐尔黄每天早晨早早就来到办公室，早饭午饭在单位食堂解决。腾出时间在电脑前坐着看主帖、跟帖。午饭后，一位版主跟帖邀请楼主（写帖人）互动，说楼主别光发些摇旗呐喊的图案，要发表些意见，以便让讨论的场面更红火些。

唐尔黄却傻了眼，当时他还不会在电脑上打字。这帖子是他写好文章后再请单位的年轻人打出来，然后发到论坛上。有时跟帖也是想写上几句话，就让人给打上去。如今是午休时间，到哪儿找人去？他在电脑前急得团团转。这时，版主又发话催他发言。他只好再发几个图案权作回复。

有的版友说这楼主的架子不小。

版主说不想让你发图案，怎么偏发？然后"拜拜。"

火热的讨论被解除置顶。

看着这由热到凉的结局，唐尔黄发誓得学会打字，不能再受制于人。下午单位来人后，他就请人教他如何打字，如何在网上操作、跟帖、回帖。

一天上午，唐尔黄正在网上跟帖，与版友们讨论当代大学生的含金量多少的问题。"天天论坛"是全球最大的中文论坛网站，每天在线人数一百多万。他发帖说，当今的研究生相当于过去的大学生，当今的大学生相当于过去的大专生，当今的大专生相当于过去的中专生，可以说整整降了一个档次。现在，许多学校为了钱，摇身一变，由过去的专科学校变为当今的这大学那大学，可师资还是过去的师资，教研设备还是过去的教研设备，图书馆还是过去的图书馆，只是在瓶上贴了个大学的标签，其实装的还是专科的酒。这篇帖子（文章）引起了较大的反响，赞同的，反驳的，跟帖踊跃，讨论热烈，不一会儿，点击量就达到十几万次。

作为楼主的唐尔黄，虽然刚学会打字没几天，但慢悠悠地也能回复一些问题，好歹能参与讨论了。他在回帖中说："……武大郎穿上姚明的秋衣，就能成为姚明吗？"这句话更是点燃了网上论战的导火索。

可以这么说，每个发帖的都希望自己的帖子受到网友的热捧，唐尔黄自然也不例外。

正在兴头上，桌上的手机响起来。他看了看是武教练打来的。武教练的口气很着急："唐站长在哪？是不是和赵总在一块儿？"

"没有。我在站里。"

"噢。刚才，他爱人打电话说找不见他。网吧的门关着，手机也打不通？"

"是吗？"

"如果你能走开，咱现在就到网吧看看去。"

"好的。马上就走。"唐尔黄留恋地看了看屏幕，忍了忍心才把电脑关掉。

唐尔黄开车来到迪迪网吧，见武教练已经在网吧门前站着，那扇卷帘门关闭着。

武教练说："估计老赵在里边。他老伴说前几天还给她打电话，再一个，老申的手机也关着。"

"两人会不会在地下室下棋？"唐尔黄说："敲敲门。"他举起拳头，"咚咚咚……"捣了几下卷帘门。

卷帘门哗啦了几声。等一等，里面没动静。他用拳头又重重地击打着卷帘门，里面还是没反应。

武教练转着身子往四下看了看，见前面一家店门前有半块砖。

他走过去拿过来，手里晃着砖头："用这家伙敲敲。"

"哐哐哐……"卷帘门发出巨大的声响。

几个过路人都停下脚步，惊讶地扭头往这边瞧。

网吧里还没动静。

武教练又举起那块砖："哐哐哐……"更猛了些。

"嗯？谁呀？谁砸门？"里面有说话声，是申秀亮的声音。

"申老板，快开门！"

"是……是武教练？我拿钥匙去哦。"等了一会儿，申秀亮从里面打开了卷帘门。

唐尔黄和武教练也从外面帮忙往上提着卷帘门。

卷帘门打开了，一张苍白的脸先出现在门口。

门外晃眼的阳光照射着，申秀亮的上下眼皮打着架。他平时光洁的下巴上，半寸长的胡子密匝匝的，显得很茂盛。他眯眯瞪瞪地问："你俩呀？"

"噢，赵总在里面吧？"

"在。"

"这三天，你俩一直下？"武教练问道。

"啥？"申秀亮努力地睁了睁眼睛，"三天啦？"

看着申秀亮疑疑惑惑的样子，武教练止不住笑一声："你以为呢？"

"哎哟！三天啦？"申秀亮愣怔着，"下面亮着灯，怕人打扰，我们就关了机。不知道，真不知道过了三天啦！"

他们相跟着往地下室走，走到楼梯半中间就听见下面传来一长一短的呼噜声。

"哎，刚才还下棋……"申秀亮纳闷着。

地下室，赵和玉的头垂在棋盘上，两只手在茶几上胡乱地放着，脖子一伸一缩……忘乎所以地制造着噪音。

申秀亮叨念了一声："刚才还醒着，咋这么快就……"

武教练笑着说："申老板，古人看神仙下棋迷得能烂了斧把子。你俩……地下室里几盘棋，不知外边已三天。呵呵呵！"

地下室的地上，空饮料瓶子有二十多个，面包袋子、饼屑、麻花屑扔得撒得到处都是。几枚黑白棋子在地上撒落着，没在棋盒里待命。

"这三天，你俩呀起码过了半个月的棋瘾。"唐尔黄说，"这活计，搁在谁头上谁也受不了？"

申秀亮苦笑了一声，嘴里打着哈欠，两只胳膊举起来在头顶上晃，伸着懒腰，嘴巴张得圆圆的打着哈欠："啊……啊……啊……困了！得好好睡睡哇。"

赵和玉尚在梦中。他的额头枕在一只手上，脸部与棋盘的空当里传出的声响颇有节奏："呼——噜、噜、噜……咕！呼——噜、噜、噜……咕！"

如果站在上边听，还以为地下室有个人正抽水烟。

第九章　悲喜交集

仝全兴住院了。

一天上午，唐尔黄与赵和玉、武教练、申秀亮、郝斌几个人一块儿到市医院病房看望了老仝。

病床上，老仝瘦得一副骨架外裹着张皮，胳膊上青紫色的脉络依稀可见。

糖尿病带来的并发症开始大发淫威，让老仝的两腮更加凹陷，视力也降了许多，其中左眼近乎失明。他迷迷糊糊地躺在病床上。老伴提醒说有人来看他了，他才努了努力把眼睁开，见昔日的棋友们来到病房看望他，脸上露出了少有的微笑，一会儿，他张开嘴好像想要对棋友们说些啥。

棋友们都走到近前。

老仝却"呜呜呜呜"地哭了。一条条皱纹在他的脸上忙不迭地拥挤着，显示它们的存在。他哭了大约半分钟。

见他这么伤心，大伙儿在病床四周束手无策，只能干看着，干站着，干等着，平常聊天时滔滔不绝的，幽默调侃的，插科打诨的，此时却一句话都说不出来。

"你们坐，坐吧！"全全兴妻子弱弱的声音打破了尴尬的局面。

有几个人坐在两旁的病床边。

唐尔黄说："老全，别着急，慢慢养病吧。祝你早日康复！"唐尔黄知道这"早日康复"也只是安慰病人的话语，老全患的是糖尿病，哪能说好就好呢？

老全吃力地点点头，泪水在眼角边挂着。

妻子拿了块毛巾给他轻轻地擦了眼泪。

过了一会儿，老全的情绪才慢慢平稳下来。他用一只胳膊撑着床想坐起来，但赢弱的身体不愿合作。

见老全想坐却坐不起来，几个人忙说老全不要坐，躺着就好。

老全的一只手想伸出来，刚伸出半截儿又无力地垂下，他却硬撑着又伸出手来……

老伴见状，两手急忙扶住他的胳膊。

在老伴的帮助下，老全总算和几个棋友完成了握手的程序。

大家都知道老全前一段遇到不顺心的事，却没想到他病成这个样子，只好劝老全保重身体，注意饮食，早点恢复健康。

老全气若游丝："好……好……谢……谢……谢谢……你们来……唐……唐记者，谢……你……帮忙。纸……厂的事，唉……"

唐尔黄一听这话，急忙摆了摆手："老全，没啥没啥！"

妻子劝着他："到现在啦，还想那事干啥？"

老仝艰难地笑了笑。

又坐了一会儿，唐尔黄他们起身告辞。

这时，武教练从口袋里掏出钱来，说："老仝，我们给你买了些无糖食品和水果。另外，这是大家一点心意。给老嫂子拿上，买点需要的东西。"说着，他把一千元交给了老仝的妻子。

老仝说："啊……呀……你们……"

老仝的妻子说："麻烦你们啦。这……这……"

从医院出来后，赵和玉一边走一边说："钱多少能咋，权多大能咋？说这道那啥都扯淡，身体没病最好。"

"人家赵总,这身体棒得……"申秀亮说："前几天在网吧下棋，我回家恶恶睡了两天，到现在还觉得有点累，耗得顶不住。你看你，不见你累。"

"我？哪里哪里？输了钱回家还挨了一顿骂，大亏！"

武教练问赵和玉："让人家撕拔了多少？"

"我也记不清啦，反正口袋里装的一沓没啦，还欠人家六百。"

"嗯？哎呀，申老板你打闹了多少？"

申秀亮笑着摇摇头，不愿说。

赵和玉说："亮儿娃会干，总是下上几盘让我赢一盘，再下几盘再让我赢一盘，软刀子割人。咱下不过人家亮儿娃。不过，干唐记者，就……"他扭头看了看唐尔黄，嘴就张开："喔哈哈哈哈。"

"赵总，前头有把草，驴才往前走。"唐尔黄笑着说。

"我驴？唉，也是！让你们这个薅上一把，那个薅上一把，都快把我薅成秃驴了。不过，哼哼，有个小本本，我都记着了，过几天让你们连本带利还，咱秋后算账。"

"好的。下棋就得有赵总这种乐观向上的精神。"武教练夸着赵和玉。

赵和玉听见武教练夸，走路都开始忽颠了，腿关节一颤一颤的，像大妈们跳广场舞。"亮儿娃趁我瞌睡打闹了我一沓钱。如果是现在，我清醒得很，别说宰唐记者，就是宰亮儿娃也……也不在话下！"他狠了狠心，补上后半句。

"嗯？赵总，没发烧吧？"申秀亮侧着头看了眼赵和玉。

赵和玉笑了笑改了口："哈哈，以后两子怕是不行，得让三子。不过，拿下唐记者是张飞吃豆芽，小菜一碟。"

"家伙啊！"唐尔黄看看赵和玉，"不服气？你总是想拿你脖子来试试我的刀子快不快。"

几个人笑着。

"走，地下室。"赵和玉有点不服气。

唐尔黄这几天本来上网写作有点瘾，想干点正事，如今让赵和玉一激勾起了围棋瘾："行，几盘？"

"十盘。"

"好。走。"

申秀亮转过身，对后面的几个棋友撇了撇嘴："看看，看看，人家赵总这生意，火得很！"

当一种喜爱逐步升级为癖好时，这种癖好就紧紧拴住你的心，你所拥有的时间或一些待办的事情都得为其让路。

几个人来到了网吧门前。

赵和玉掏出钥匙打开门，再打开灯，网吧里顿时亮堂起来。若是往常，每台电脑前都坐满了上网玩游戏的，如今冷冷清清。他感叹了一声："都是'非典'闹的呀！"

到了地下室，唐尔黄、赵和玉急呵呵地开始摆放棋盘。

赵和玉问唐尔黄："这一段生意不能做，咱想补补，不知唐记者帮忙不？"

"能行，看你的棋力吧。"唐尔黄笑着说。

"就是唐记者想给你补能补回来？网吧一天有多少进账？"申秀亮说。

"也是！"

两人在茶几上下棋。

其他几人的棋力都强点儿，不想看他俩下棋，便坐在沙发上椅子上聊天，抽烟。聊章晟原准备在近期完婚，因为"非典"推迟了婚期，又聊章晟那个徒弟在北京棋馆跟着几个国手学棋长进很大，在升段赛中所向披靡，将来说不定闹个全国冠军或世界冠军，又聊章晟在凤城有个恋人，那女的开着超市，家里的钱多得很。

几个人抽着烟品着茶，天南海北地聊。

地下室里，烟雾缭绕。

赵和玉扫描了一下地下室的屋顶，嘟囔了一声："这烟……"他咳嗽了几声，站起身来走到一面墙壁那里开了换气扇。换气扇飞快地转起来，大把大把地往外拢掉着烟气。

大伙儿看了看都点点头，再看茶几上又一个烟盒也快空啦！

郝斌说："挣些工资都捐给卷烟厂啦！"

"哎，听说这次非典，抽烟的人不传染。谁说抽烟百害而无一益？"武教练说。

大家想了想也是这么个理儿。听说，市里隔离治疗的没一个抽烟的。

"一物降一物啊！就像鱼鹳专门叼鱼。让赵总你再补……让赵总你再吹。"一直没顾上说话的唐尔黄说。

"咋啦？"申秀亮走过来看了看，棋盘上的一条龙奄奄一息。"谁的？"

赵和玉叹息了一声："本来想……结果……"说着他去掏口袋。

"各位，中午我请客。"唐尔黄说。

此时，郝斌站起身来，双目向前平视，做着扩胸运动，嘴里叨叨着：

> 我爱你，
> 就像老鼠爱大米，
> 就像农民爱玉米，
> ……

又隔了一段时间，让人憋屈的"非典"终于销声匿迹。

章晟从凤城回到鱼城准备举办婚礼。他的未婚妻在凤城一家超市工作，也是一位棋手，业余五段，跟马明高武教练一个级别。

章晟从十二岁开始到省体工队下棋，曾在"申城晚报杯"围棋比赛中得过十五名，也算功成名就。后来他在凤城开馆教棋。在鱼城呢，则坐围棋第一把交椅。

　　章晟的婚事，陈亚军当婚礼总管。跑腿帮忙的大多是凤城鱼城的棋友或章晟的徒弟们。

　　结婚前几天，陈亚军把赵大雷唐尔黄马明高武教练几个人召集在一块儿，商议筹办婚礼的事情。

　　陈亚军说："这次婚礼，我想得突出一下围棋色彩。估计章晟这辈子和围棋没完。哈哈！"

　　大家都点点头，同意老主席的看法。

　　陈亚军安排赵大雷等几人为账房先生，唐尔黄的任务是拟好对联，马明高武教练等人布置好洞房、庆典场所，申秀亮郝斌负责酒店安桌，李飞刀等人迎亲……

　　婚礼前一天，大儒书店老板张君开车来到章晟家门前，和助手把几摞杂志搬进屋里。他对陈亚军说："总管，这是新进回来的一百本《围棋天地》，交给总管，由总管安排。"

　　陈亚军拿起一本《围棋天地》，看了看这些还散发着油墨香的杂志，高兴地握住张君的手："想不到啊！前几天我还说过，这次婚礼办得要有点围棋色彩。你看，今天你就抱着这些杂志来了，好！我代表新郎官感谢你！这样吧，把这些杂志放到礼房那儿，派个棋友负责分发，喜欢围棋的人每人一份。好不好？"

　　张君对着大伙儿说："看看，总管就是总管，想得多周到。"

　　赵大雷笑了笑，招呼三个后生把《围棋天地》杂志搬到礼房去。"每个来贺喜的棋友，人手一份，再加些别的礼物，咱们这回礼别出心裁。"

　　章晟在凤城教棋七八年，带出了不少徒弟，未婚妻就是其中之一。未婚妻叫苗雨，家底盈实，在凤城开着三家超市，她是一家超市的老总。

听说章晟和苗雨对弈时，那火候总是拿捏得很准，不是赢个半目，就是个一目半，既不失教练的范儿，又不至于伤了苗雨的自尊，断不了还输上一盘。两人如胶似漆，恩爱有加。

苗雨是父母的掌上明珠，自己名下有套别墅，提前省略了章晟在凤城购置房屋的烦恼。她有个条件，章晟必须得答应届时当上门女婿。

章晟家里兄弟三个，对苗雨的要求他照单全收。

这桩婚事，对于鱼城的棋友们来说，一个个羡慕嫉妒恨。说章晟前世不知修来什么福，讨得了财貌双全的小美人。

唐尔黄心想，得把陈主席安排的事情办好，他琢磨了琢磨，拟了一副对联：

　　盘上打劫福色双收多为赢半目
　　麾下收官招降纳将实乃倒脱靴

横幅：

　　日成得鱼

唐尔黄拟好婚庆对联后，请陈亚军赵大雷前后两任主席过目。

陈亚军拿着对联看了看，摸着自己的下巴，点着头："嗯，不错。短短两句话，把围棋的一些术语嵌进去。盘上对麾下，打劫对收官，赢半目对倒脱靴。哎，我和章晟下棋时，觉得他用倒脱靴这一招用得实在好，一般人防不住。横幅也不错，章晟的晟，日成；鱼，雨。啧啧。"

赵大雷说："好，就这吧。"

爱好，是生活的润滑剂。

马明高、武教练把他们棋馆里的讲解大棋盘搬过来，用棋子拼了个"黑白世界"和"方圆人生"。

陈亚军看了看，认为嫁娶属红事喜事，不宜用黑白的字眼和色彩，否决了"黑白世界"，认可"方圆人生"，用大棋子在拼"方圆人生"时，拿红黄两色的油光纸剪出大小相当的图案，贴在黑白棋子上，显得热闹喜庆些。

大家觉得老主席见多识广，这个主意不错，纷纷赞同。

几个棋友用大棋子在纸上比了尺寸，然后在红黄纸上剪了些圆形。马明高、武教练还用大棋子拼接了花生、红枣的图案，说："祝章晟早生贵子。"

赵大雷拿起彩笔，在红色礼账的封面上画了一幅惟妙惟肖的仙人对弈图，写了唐朝诗人温庭筠的诗：

　　　　文楸方卦花参差，
　　　　星阵未成月映池。

寓意一局棋未终，已到夜晚时分，折射出围棋的魅力，体现了人们对智慧的追求，对美好的期盼。

此时，章晟正接徒弟张翼飞从北京打来的电话。

听说师傅明天要结婚，张翼飞想请假从北京赶回来给师傅贺喜。

章晟婉拒了徒弟的要求："谢谢你。翼飞，你时间紧，就不用来回跑了。在道场学习很不容易，一定要珍惜机会。你如果好好学棋，在比赛中能取得些好成绩，就是对我最大的恭喜。记住啊！"

张翼飞在手机里噢噢着，说会记住师傅的希望的。

总管陈亚军无意中听了章晟这么安排徒弟，走过来拍了拍他的肩膀，赞许地点点头。他左看看右看看，倒背着两手在地上转了几圈，自言自语地说："咱鱼城围棋界人才济济。章晟这境界，啧啧；唐尔黄拟的对联，方圆人生这图，账簿上的画和诗，都展示了大伙儿的文化底蕴。今天中午，说啥我也得多喝几杯！"

几个人急忙接过话题，说："老陈好好喝，我们陪你！"

病房里，全全兴躺在病床上，糖尿病引发的尿毒症越来越厉害了，无情地折磨他。

床边，李德孝拉着老全的手，眼里噙着泪水默默地看着他。

刚才，李德孝告诉他工作组答应给他们补偿八百万元，剩余的他们自己想办法。承包造纸厂时，大伙儿凑股子贷款，筹集了一千三百多万元作为企业启动周转的资金。对此，李德孝和职工们虽然有些异议，可工作组组长高绍棠黑着脸说，有意见可以保留，但眼前不管遇到什么样的难题，都必须按工作组的意思办，你们要有大局意识。凤城的那个庞老板已经派人进厂了，接管了厂办和财务室的公章。

听了这些情况后，全全兴愣了一会儿，在枕头上轻轻地摇了两下脑袋。

当时，工作组先查李德孝全全兴等人的经济问题，目的就是要形成高压的态势，给他们一种心理压力。查了半天也没查出啥结果，这让高绍棠很失望。追缴公章时，李德孝起初不想交，工作组又组织人马再一次搞连轴转，几乎再一次让他们虚脱。

高绍棠在会上说，任何企图阻挠改革的人都是螳臂挡车，没有什么好下场。全全兴就害怕了，尽管没做什么亏心事。一次，他找到李德孝说："李经理，咱给人家交了吧，咱惹不起人家。这些日子我就睡不好觉。"

现在，当李德孝告诉他造纸厂易手时，他还是有种猝不及防的感觉。咳嗽了几声后，想说点啥却没说出来，说点话已经变得很难，他抖了抖手做了个"三"的手势。

李德孝心里清楚"三"是啥意思，他点了点头。

全全兴无力地笑了笑，脸色苍白，呼吸也急促起来。

看着老全的脸色，李德孝觉得有点不对劲，他俯下身子轻轻叫着："老全、老全！"

老全努力地睁开眼看了看李德孝，吃力地挤出一丝笑容，然后把头一歪……

全全兴的老伴儿正出去打水回来，看见李德孝俯着身子叫老全，老全却没啥回应。她的心噢地抽了一下。她快走几步把暖瓶放在床头柜上，转过身来摇着他的胳膊："全兴、全兴，你……你咋啦？"

李德孝赶紧跑出去叫大夫过来。

大夫和护士急匆匆地来到病房，大夫扒开全全兴的眼睛看了看，又用听诊器听着他的胸口，听了一会儿，大夫失望地摇摇头。

……

老伴儿爬在病床边，发出痛苦的抽泣声，她瘦弱的双肩颤抖着。

李德孝站起身来，拿着一块白毛巾盖住仝老兄的脸庞。唉，这位老兄虽然解脱了病痛的折磨，但那个用食指、中指、无名指组合的手势却穿透了他的心，像三支箭……这几年，承包造纸厂，费尽了好多人的心血。数数算算，别人承包企业，多多少少都能赚上些，仝全兴跟着他没明没夜地干，却倒贴了三十多万元。想着这些，泪水从他的眼里流出来，"嘀嗒嘀嗒"落在地上。

第二天中午，马明高、武教练见凤城的几位棋手来给章晟婚礼捧场，就跟章晟商量，是不是让这几位棋手午饭后到丹朱棋馆下上一两盘棋，让鱼城的棋友们开开眼？

章晟想了想，把大伙的意思跟几位棋友说了一下，那几个棋友爽快地答应了。

婚宴结束后，鱼城的棋友们在丹朱棋馆观看了高手们的过招，好好饱了一顿眼福。

欣赏了高手对弈，赵和玉对唐尔黄说："看人家那棋，再看看咱的，差距确实有点大，根本不在一个档次上。"

唐尔黄笑了笑："是啊！人家那棋空灵飘逸舒展流畅，有伏笔有悬念，看起来就像一篇好文章。咱的棋挤成一疙瘩，野路子，瞎抢瞎砍。"

"以后，我得看看围棋方面的书籍，看看棋谱，提高提高自己的棋艺。要不，没个长进。"赵和玉说。

"对。老兄，下点功，还有很大的进步空间。"

赵和玉听了唐尔黄这话，却有点不高兴："你才有进步的空间！"

"嗯？本来我说这完全是好意，你却瞎理解，你的想象力倒挺丰富！"

"等他们一会儿走了，我再收拾你。"赵和玉说。

"小样哇，怕你？"正说着，唐尔黄接到一个电话，说老仝病故啦。

"老仝？"

……

下完棋后，凤城的几位棋手起身告辞，马明高、武教练把客人送到棋馆门外，欢迎他们以后多来鱼城指导。寒暄后，大家握手告别。

等马明高、武教练回来后，唐尔黄把老仝病故的消息告诉了在场的棋友们。

大家刚才还喜眉乐眼的，现在一听老仝病故都愣了一下，棋馆里的气氛马上就变了，出现了短暂的沉默。

唐尔黄提议："想过去看看的，咱们一会儿相跟上去老仝家看看。"

大部分棋友都应着，说这得去看看，送老仝最后一程。

刚参加了章晟的婚礼，看了围棋表演，现在换个心情得给老棋友仝仝兴奔丧。

有的人对人，心里对的是人；有的人对人，心里对的是事；有的人对人，心里对的是势利。势利之心人皆有之。只不过有的人把它囿于道德范畴之中，有的则根据一己之私，将其无限度地去演绎。

　　喜事丧事两重天。上午中午在章晟那里在棋馆，大家伙没大没小眉开眼笑，推杯换盏吹这侃那。现在就是另一番表情。

　　全全兴家。院门口插着一根高粱秆，上面挂着的一团白纸条在微风中摇曳着……这是鱼城的乡俗，逝者岁数有多大，白纸条跟着是多少条。门框两边各贴着一块白纸。客厅里，一块黑布围在相框的四周，悬挂于正墙中央。此时，全全兴在相框里微笑着……家里却让悲戚笼罩着。

　　在这里，大伙儿悄悄说话，轻轻走动，生怕打扰了逝者的安静。

　　安息吧，老全生前有过工作、生活、围棋……带给他的快乐，也有过种种不如意的遭遇。如今他走了，去往另外一个世界，不知那里有没有人世间的钩心斗角，强取豪夺？

　　李德孝和造纸厂的人忙忙碌碌，办理着一些该办的事情。

　　对于老全的丧事，唐尔黄和其他棋友也插不上手，帮不上啥忙，只是在老全家里抽抽烟，坐坐，小声说几句话。

　　武教练把棋友们给上礼的钱收起来到礼房那儿登记。

　　李德孝使个眼色把唐尔黄叫到阳台上，悄悄说："唐记者，造纸厂让他们卖了，答应我们的补偿金不多。你说我们辛辛苦苦干了几年，经营得不错，本来想赚点，谁知还得贴上。这哪门子理？那个高绍棠凶得很！"

　　"李经理，你们准备咋办？"

　　"我们……我们能咋办呢？我想了想，实在不行的话找个律师，跟他们打官司。"

"噢，事到如今也只好走这条路，用法律维护职工的权利。如果需要的话，我在凤城还认识个律师，他可以帮你们打打官司。"

"谢谢你，唐记者。到时候看吧，等办完老仝的事，我就着手办这个事情。"

唐尔黄点点头："现在，别的忙我也帮不上，只能祝你们好运！"

"谢谢！"

两人紧紧地握了握手。

李德孝望了一眼遗像里的老仝，惺惺惜惺惺："老仝命苦哇。没挣钱就没挣钱，还把命给搭进去啦！"

唐尔黄无语，他看了看老仝的遗像，心里默默说：仝老兄，一路走好！

第十章　盘外招

说起来，鱼城围棋界的"出场费"缘于马明高教练。

马明高的脑瓜子灵活。上高中时他就抽空跟着仝全兴学围棋，一边下棋，一边念书，高考时考上首都的一所钢铁学院。上了大学后，他有了更多的时间。别的同学学习上网逛街恋爱，他却一门心思钻进围棋天地里，抽时间还到围棋道场观棋，听国手挂盘解说，似乎他学的不是钢铁专业，而是围棋专业。上大三时，首都高校举办大学生围棋比赛。在这次比赛中，他七战全胜，蟾宫折桂。

领奖那天上午，马明高兴冲冲地回到校园，在教学楼前遇到班里的学习委员。学习委员是个漂亮的女孩，每每看到学习委员，马明高心里就咕咚咕咚的，显得很不自然。学习委员见他捧着奖杯和证书回来后，说了几句话，祝贺他夺得冠军，同时也婉转地告诉他，这次考试他有三门功课不及格，然后让他到教室门前看一看，墙上贴着个通知。

到了教室门前，马明高看了通知后从头凉到了脚。

白色清冷的墙壁上贴着一张勒令退学的通知，通知下面盖着学校教务处的大红公章。他被勒令退学。勒令退学的原因：第一学年，一门功课不及格；第二学年，两门功课不及格；第三学年，三门功课不及格。

看着墙壁上那冷冰冰的一纸通知，再看看怀里还没有暖热的奖杯和证书，马明高心里涌起一种难言的滋味。

精气神没啦，慢悠悠地回到宿舍，几个室友安慰他，希望他吸取教训，来年再考大学。

他对室友们说了几句感谢的话后就闷着头准备行李。

在此时，几个室友也不便多说什么，默默地过来帮他收拾东西。

第二天下午，他坐车回到了鱼城。

……老母亲看着儿子背回来放在地上的行李，泪水在眼眶里打着转儿，一只手发抖地指着他，想说话却说不出来。

马明高从母亲的眼泪里读懂了什么。父亲去世早，母亲一个人支撑着这个家，又上班又带孩子，好不容易才把他们兄弟俩拉扯大。如今眼睁睁看着自己的母亲连连叹息心如刀绞，他跪在地上，声音弱弱地说："妈，我错啦。我明年再考！"

第二年，他考上凤城的一所大学。

大学毕业后，被分配到凤城一家橡胶厂工作。到厂里工作了半年，他又回家了。

　　母亲见儿子扛着铺盖卷又回了家，以为他被工厂开除了，气急攻心，一口气没喘过来就晕了过去。

　　其实，这次是马明高炒了工厂的鱿鱼。一是他对橡胶厂里干的活没兴趣，二是单位经济效益也一般。思来想去，他就写了一份辞职报告。

　　经过医院抢救后，母亲终于苏醒过来。

　　在病床前，马明高讲了事情的原委。

　　母亲气呼呼地把脸扭到一边，不愿多看他一眼。

　　几天后，马明高租了个电话亭看电话。有人来打电话，他就招呼一下。没人时就拿着一份《围棋天地》坐在小凳子上看，看里面的围棋信息、动态、棋谱。

　　母亲说："你每天看这，这能养家糊口？"

　　他不吭气，继续看。

　　电话亭的收入微薄。手机的问世与普及鲸吞着座机的奶酪。

　　马明高抽着市场上最便宜的卷烟。他想自己这辈子怕是嫁给了围棋，因为一旦离开围棋他就有种六神无主的感觉。

　　一天，他在电话亭外边坐着看《围棋天地》，初秋的凉风吹拂着他茂密而凌乱的头发。

　　马路上有个人走过来无意中瞧了他一眼，就愣怔着停下脚步，定了定神，仔细看了看，然后走过来拍拍马明高的肩膀。

　　马明高抬头一看，一个西装革履风度翩翩的年轻人站在眼前。呀！原来是大学同宿舍好友陈凡，他赶紧站起来和老同学紧紧握手。

　　在一个小饭馆，他俩喝酒交谈。交谈中得知老同学现在深圳一家外企当项目经理。这次来鱼城出差办事，邂逅老同学。

陈凡听了他这几年的经历后，告诉他不妨到深圳去闯荡闯荡，那里的一些老板业余时间喜欢下围棋，应该去那里发挥发挥自己的特长。

马明高点点头。

吃饭后他付钱时，老同学说啥也不让，临走前还给他留了一千元。

推辞了半天，马明高说："算先借你的。"

几天后，他坐火车来到了深圳。

在老同学陈凡的介绍下，他认识了当地的几个棋友。

在那里，有些漂亮的女性是"三陪"，而马明高是"一陪"，陪一些老板下围棋，出场费是每盘六百元。干了三年赚了些钱后他又回到鱼城，在鱼城首先开设了围棋培训班。

他骑着自行车到有关部门办理相关手续，到印刷厂印制围棋培训班招生广告，选了场所，把自己围棋五段的证书也复印出来贴在围棋培训班的墙上，广而告之。每天下午放学前，他在学校门前和学生家长沟通交流，反反复复讲述着围棋的玄妙，学习围棋对学生智力的开发有啥好处，学棋的孩子会更聪明更有修养，有大局意识，懂得取舍，学习围棋对孩子将来思考问题解决问题有啥帮助……

有的家长看了广告后，问这问那，点头同意了。

经过一番忙碌，马明高的第一期围棋培训班终于开班，第一期小学员就招收了三十六个。

开班那天，鱼城的棋友们都来捧场，有的送来花篮，有的送来礼金，祝贺马明高，希望他把一技之长好好发挥出来，为鱼城围棋事业的发展贡献聪明才智。

　　看到这些，马明高的母亲心里才觉得踏实了些，儿子总算有了个着落。

　　唐尔黄原先和一些棋友下棋，后来经人介绍认识了马明高。

　　两人的棋艺不在一个档次上。起初，马明高让唐尔黄八子，然后七子，然后六子……唐尔黄付了一些出场费之后，棋艺有了明显的长进。唐尔黄说："你现在收割我，我学艺后去收割赵和玉老汪他们去。"

　　"哈哈哈。"马明高笑着指了指唐尔黄，"你这家伙，原来另有所谋。"

　　近日，唐尔黄遇到了一些麻烦。

　　他在一次农村民办教师座谈会上了解情况，有的地方为了改革，发生了一些不该发生的事情，对农村民办教师说不用就不用了，有的教师对此愤愤不平。

　　回到记者站后，唐尔黄坐在电脑前点了一支烟，那些民办教师苦涩的脸庞和忧郁的眼神在烟雾中时隐时现。他慢慢地敲击着键盘，屏幕上出现这样的字迹：

教改，决不能过河拆桥卸磨杀驴

　　任何一项改革，都是伴随着分娩引发的阵痛而进行的，教育改革也是如此。

　　目前，教育界辞退代教人员，对农村特别是偏远山区的代教人员来说，不啻是夜半走路时脑后挨了一闷棍而已。

为了更好地提升国民素质，提升教育水平，为我国的社会经济发展奠定更加坚实的人才基础，辞退代教人员从长远来说，无疑是正确、明智的一步棋，但是在这个过程中，决不能把好事办坏，实事办砸，更不能过河拆桥，卸磨杀驴。

有这样一件事例可供参考。在2009年国家特岗教师招聘中，某偏远乡村招聘一名化学教师，面向全国招聘仅有4人报名，但笔试时只有一人参加，三人弃考。无奈之下，学校只能聘用代课教师。

杠杆的作用是巨大的。众所周知，在这几年的公务员招聘中，人头攒动，景象壮观。特别是省部级单位的招聘中，出现的几万比一的情况也是屡见不鲜，就甭提国务院有关部门的几十万比一了。这与上述例子形成鲜明的对比。

水往低处流，人往高处走，这是亘古不变的规律。也正是这个规律的作用，导致出现师范教育方面学科生源短缺和师范毕业生不愿到农村从教的现象。农村初中部分学科和小学英语、信息技术、音体美等学科教师资源普遍不足，进而严重制约着广大农村教育事业的发展。

正是在这种情况下，代教的产生也就成为必然。可以说，代教为偏远山区的启蒙教育，为我国九年义务教育的发展立下了不可磨灭的功绩。下雨下雪天，他们像护送自己的孩子一样护送学生过河、下山。他们担负着孩子们最基础的教育重任，从教握笔写字到关乎学校命运的升学率，哪一样能少了他们？他们的劳动力是廉价而珍贵的，但其肩上的担子却是光荣而沉重的。

据说，某市一个偏远山区，一位从事打铃敲钟30多年的老校工听到自己被辞退的消息后，一向安分守己的他拍案而起，要和有关部门"讨个说法"。30多年中，那丁零零的上课下课的铃声里，渗透着他对祖国的教育事业、孩子们的茁壮成长的祈愿。

他们，曾为我国最基础的教育事业发展而流汗，而今我们不能再让他们的心头滴血。流汗时，他们是无怨无悔的，是欣慰幸福的，他们高兴地看着经自己喂养的鸟儿一只只展翅飞向天空，飞向远方；滴血时，他们是痛苦万分的，是懊悔不已的，他们看着那一纸辞退通知时，千万声地责问自己当初的选择到底对不对。

吃水不忘挖井人。代教，把青春献给了祖国和人民。时代虽然要无情地翻过这一页，但这一页的历史，祖国和人民是绝对不能忘记的，我们应给他们一个合理的解释、合情的补偿、合理的安排、合情的安慰。

这一页历史注定是真实的，虽已翻过！

这一页历史注定是真情的，不能忘怀！

他把这个帖子发在了"天天论坛"网站上。

不一会儿，版主小妖对此帖进行了置顶，放在置顶板块里。"天天论坛"每分钟的发帖量都在几十篇，如果帖子没有置顶，很快会淹没在帖子的海洋之中。置顶了帖子，版友们就能轻而易举地看到此帖并进行跟帖讨论。

唐尔黄在电脑上刚学会打字不久，花了很长时间才打出此帖，感觉有点头晕脑涨。他想持这样观点的帖子在报纸上是不能发表的，好在现在有论坛，相对而言，论坛环境比较宽松一些。

中午回家吃饭时，唐尔黄看见手机快没电了，就给手机充电。饭后休息半小时，下午就到了丹朱棋馆，正好郝斌在棋馆，两人就坐在棋桌前开始对弈。

副市长魏冬明正在办公室看张报纸，这时市教育局的冯局长敲门进来，寒暄两句后，冯局长就把一份打印出来的文章递过来。

魏冬明大体看了一会儿，就皱着眉头问："这是谁写的？"

冯局长说："魏市长，经我们了解这是那个唐尔黄写的，他的网名是大山。"

又是这个唐尔黄！听冯局长这么一说，魏冬明咬了咬牙，鼻腔里呼呼地出了几股气。以前他就给找碴，卖造纸厂时又找碴。这次又来了。

冯局长说："魏市长，这次农村教改，本来一些民办教师的抵触情绪就很大，这个帖子发出来，现在网上的点击量呼呼往上蹿。万一咱鱼城农村的民办教师来闹事，堵了市政府大门就不好说了。这是煽风点火呀！"

"咚"的一声，魏冬明的拳头擂在办公桌上，震得茶杯上的盖子差点都掉下来。他想了想说："冯局长，你先在这儿坐会儿，我去杜市长那里一趟。"

魏冬明到了杜明智的办公室，把文章放在办公桌上。说："杜市长，这个唐尔黄呀尽给咱惹事，你看看这。若不是你的朋友，我早就收拾了他。"

杜明智看了文章后，笑了笑说："这小子文笔还不错，让他删了就行。"

"杜市长，咱们市农村教改的经验正准备在全省推广，关键时刻，唐尔黄就来这么一锤子。"

杜明智看了看魏冬明火气那么大，就说："这样吧，他如果识趣删了帖子就算了；如果不，你再想办法。毕竟跟他共过几年事，原来这人还厚道，现在神经啦？"

晚上七点多，唐尔黄回到家里。

妻子见他回来了，着急地说："你去哪里啦？手机关着。报社有个副总编给你打了多少次手机都打不通，就给我打，说你有篇稿子让教育局局长很恼火，人家在网上看到了，给副市长汇报情况。有个副市长给报社打电话说了这事。报社那个副主编让我转告你，想办法把文章删掉。否则，民办教师们堵了市委大院，引起的一切后果由你承担。"

"是吗？这么严重？"唐尔黄说："那个帖子也就反映了一下民办教师的苦衷与呼声，没有节外生枝的事情，他们咋大动肝火呢？"

妻子说："你是闲得没事找事，你管民办教师的事情干啥？那是政府官员管的。"

唐尔黄说："听了那几个农村民办教师说的情况，我见他们实在可怜，有感而发。"

妻子劝唐尔黄赶紧想办法删帖。

唐尔黄走到卧室的一个角落，看手机已经充好电就拔掉充电器，打开手机，还没等他走出卧室，报社李副总编又打来电话。

李副总编说："尔黄，给你打了多少电话，终于打通啦。你发的那个帖子快点删掉吧！你们鱼城的一位副市长给报社籍总打电话，籍总让你把帖子删掉，这样对你好。你要吸取杨站长的教训。人家若是找个啥茬口，报社也没办法。"

唐尔黄没有再说什么，因为下棋这个爱好惹得妻子经常生气，保证书写了一厚摞，如今不能因为写帖这个爱好再惹人家生气。再一个，刚才李副总编说的那些话也是对自己好，听人劝吃饱饭。

他开车到了办公室，在网上跟小妖版主站短联系。好不容易才联系上小妖版主。

小妖版主在站短中说这个帖子没啥问题呀，本论坛不能删帖。

唐尔黄请求删掉，若不，可能会有什么麻烦。

小妖版主回复："那就解除置顶吧，只能这样。"

唐尔黄回复："也行，谢谢版主！"

看着那篇沉入大海的帖子，唐尔黄才松了一口气。他给李副总编打电话说帖子解除置顶啦！

李副总编说："这就好。那个副市长给总编建议，如果不删帖，就建议报社开除你。"

唐尔黄一听这话，火气不由得从心头腾地蹿起来："副市长？好大的胆！他敢？"他估计这个副市长是姓魏的。

"哎哎，尔黄，你别嘴硬。听我说句话，现在社会上的许多事情，许多弊端，凭你一个小小的记者能解决了？虽然我的话不中听，但事实就是这样。"

"噢，噢。谢谢总编提醒！"放下手机，唐尔黄点了一支烟，在办公室地上转着。出头的椽子先烂，这话不假。可一个房子的椽子如果谁都不愿出头，这个房子还是房子吗？面对一些弊端，谁都不说，谁都不管，弊端会自行消除？他还想到社会上存在的一些食品安全、职工权益受到侵害、卖官鬻爵等问题……他嗞嗞地抽着烟，一边想一边摇头。

马明高的围棋培训班开班前夕，除购置了几十副围棋、棋盘等教学器具外，还购置了一些罐装饮料和巧克力等。这些罐装饮料和巧克力用于奖励那些上课认真听讲积极回答问题的学员。

开学的第一课，他站在那个围棋大棋盘前，精神饱满，简要地讲解了围棋的起源，围棋的黑白两种颜色象征着白天、黑夜，围棋的九个星位……接着讲了围棋方面的奇闻逸事。妙趣横生的讲解，引起了学员们对围棋的兴趣。他知道，若想让学员学好围棋，培养他们对围棋的兴趣是首要的任务。他的一笑一颦，言谈举止或许会成为学员的关注点。

"你们爱吃橘子吗？"他问。

"爱吃。"

他就绘声绘色地讲了一颗橘子里四个仙人下棋的故事。

学员们在下面饶有兴趣地听着。

故事完毕。一个胖胖的学员举手，问道："老师，一个橘子这么大。"小学员两手比划着橘子的大小，"老师，橘子这么大，里面能盛下四个仙人下棋？"

马明高愣了一下，想不到这个学员提出这样的问题。他笑了笑："好，就这样，以后就这样，有啥不明白的就问。这神仙嘛，能大能小，能伸能缩，不像咱们。仙人一缩就盛下了。奖励你一个巧克力，下课后领！"

他讲了尧造围棋，其儿子丹朱由于学棋从坏变好的传说，还讲了近代一些考古方面的发现。据考证，在原始社会时期就出现了围棋的雏形，围棋棋盘由原先的十道、十二道演变为十三道、十五道直至现在的十九道，棋盘由小变大，棋子由少变多。古代战事不断，军事上运筹帷幄之中，决胜千里之外和棋盘上瞬息万变的棋局有着大同小异的道理。

下课后，马明高给小胖和另外两个学员兑现奖品。通过第一天的授课，他觉得以后给孩子们授课，光教授围棋方面的技巧还远远不够，还得补补心理学和其他方面的东西，充实一下，有点文化底蕴，才能更好地吃这碗饭。

唐尔黄到大仓县采访。

采访完后，天色不早了。他戴着个近视眼镜，晚上特别怕路上会车时对面射来的远光灯，还有眼镜片上的反光，就没有赶着回鱼城，当晚就住在大仓宾馆。安排住宿后，他坐在沙发上抽烟，琢磨着晚上干点啥，想了想就给大仓县的棋友韩瑞琪打电话，请他晚上拿上围棋来宾馆切磋几盘。

韩瑞琪回答说没问题，等晚上见。韩瑞琪三十多岁，围棋业余五段，他在县城开着一家棋馆。

晚饭后，韩瑞琪如期而至。两人寒暄后，唐尔黄就先在棋盘上摆了两子。韩瑞琪也没说什么就占了一个星位。

唐尔黄是业余三段。他知道自己的棋力和韩瑞琪差着两个档次。他说："小韩，咱下棋就是下棋，你可不敢有照顾面子的想法，该咋下咋下，该咋赢就咋赢。如果让我，可就是对我的不尊重哦！"

韩瑞琪笑了笑："噢，老唐，好的。下棋，有你这种境界的人不太多。"

唐尔黄说："有个人官居副市长，平常喜欢打乒乓球，球技虽然一般，可打球常赢。为啥？如果谁赢了他，他就开始埋怨他的鞋子，今天的球鞋穿得不合适啦，该穿那双球鞋，你看闹得把球也输啦！许多手下人本来比他打得好，察言观色，投其所好，都为了副市长的球鞋今天穿得合适些。"

韩瑞琪说："呵呵，都一样。我们大仓县有个棋手棋力也可以，下棋一输了，肯定有借口，酒喝多了。"

"虚荣，人生之沼泽。下棋行就行，不行就努力，主要是玩个情趣。可一些人往往喜欢找借口，有啥意思。"

一次，省报社来了个部主任，这个部主任姓康。晚上在鱼城宾馆住下后想下几盘围棋解解闷。市新闻中心主任邱鹏就打电话找唐尔黄，约他晚上过来陪康主任下几盘棋。唐尔黄答应了。

晚饭后，两人在康主任的房间下棋。

新闻中心的几个人在旁边围观，他们希望康主任能赢上几盘，让康主任高兴点。

康主任的棋力大概是业余二段的水平，唐尔黄轻轻松松地连赢三盘。

第三盘下完后，康主任说："今天就这吧，以后有机会了，咱再下。"

"好的。"唐尔黄说："期待康主任下一次光临！"

出了宾馆后，就听到邱主任慢慢腾腾地说："老唐，你比康主任下得……好是好，可人家是客人，你好歹……好歹看在我们几个人的面上，让人家赢上一盘，高兴高兴。我们呢，以后在报纸上发稿也好发些。"

经邱主任这么提醒，唐尔黄才恍然大悟，发现自己在这方面确实不会做事。他歉意地笑了笑："是吗？对不起。我下棋时可没想这么多。我认为对一个人的热情与尊重就是实打实地来，特别是下棋，如果让棋的话，就觉得有点虚情假意，就是对人家的不尊重，同时也是对围棋的不尊重。"

"你呀老唐，想法总是跟别人不一样。"

智商与情商犹如一只鸟儿的两只翅膀，如果缺少其中一只，鸟儿不会飞得太远。

唐尔黄听出邱主任的话语里有埋怨的味道，也觉得自己有时候就一根筋，不多考虑考虑。他说："原来这么回事呀。好吧，以后康主任再来鱼城时，我照主任说的办，让大家都高兴。"

听了唐尔黄的话后，邱主任和几个人都笑了。

过了两个月，康主任又到鱼城采访，嘱咐邱主任找唐尔黄过来下盘棋。

接到指示后，邱主任找个僻静的地方，给唐尔黄打手机："唐站长，今天，人家康主任来鱼城啦，晚上请你下棋，上次我说的，你别忘了啊！"

"康主任来啦？好的，谢谢你提醒！"

　　那次下棋时唐尔黄输给了康主任。

　　康主任赢了那盘棋后很开心。他笑着对唐尔黄说："就这吧？唐记者，明天我还有采访任务，今晚上就早点休息吧！"

　　唐尔黄说："好的。康主任早点休息，以后有空了，咱们再下。"

　　……

　　现在，唐尔黄和韩瑞琪对弈，尽管人家让着两子，他也感到力不从心，下出的每一手棋总是感到很别扭，往往是被迫应对，就这还有点顾了头就顾不了尾。一盘棋下来，倒是没有被吃掉大块的棋，但韩瑞琪缓缓攻击，捎带围空，一直占据优势。唐尔黄平时与赵和玉下棋，两人都不爱点目，不做形势判断，这个坏毛病一直延续着。这次，他大体点了点目，差着十几目，而且对方的棋还没啥漏洞，只好投子认输。

　　第一盘输了之后，唐尔黄递给韩瑞琪一支烟，两人都点烟抽着。他用肯定的口气说："小韩就这样下挺好。看来让两子不行，我得摆三子。"

　　韩瑞琪说："老唐，两子就可以，你的棋力挺不错的。"

　　"不行，不行。"说着，唐尔黄在棋盘的三个星位上放了三子。"不行就是不行，摆三子恐怕也够呛。"

　　第二盘，唐尔黄凭着多三子的优势稳扎稳打，形势还一度处于领先。

　　韩瑞琪在一个角部利用打劫做活了一块棋，掏了十来目的空。

　　收官后点目，韩瑞琪赢了一目半。

　　唐尔黄虽然输了这盘棋，但看到了获胜的希望。第三盘棋开始后，他比平时下得慢了一些。他想自己这急性子的毛病确实该改一改啦，落子如飞，凭着感觉走，对付赵和玉老汪他们还可以，对付韩瑞琪这样的棋手无异于飞蛾投火。于是，落子的节奏就慢了下来，每走一步都慢慢思考判断，计算着棋路。谁知过了两支烟的功夫，他行棋的节奏不知不觉又快起来。当他意识到自己的坏习惯又冒头啦，为时已晚。

坏习惯是铸成大错的襁褓。盘上的形势又糟糕起来。

韩瑞琪不慌不忙地收官。点目结果：白胜三目半。

连输三盘。唐尔黄看着棋盘上黑白棋子自嘲着："哈哈，两个不同级别的拳手较量，重量级就是重量级，重量级的游刃有余，轻量级的忙于招架。"

韩瑞琪似乎有点拘谨，说："不好意思，老唐承让！"

"没啥，承让啥？在你面前，我的棋力有承让的资本吗？下棋就这样，靠实力说话，我差点就是差点。以后你和我下棋还这样下。不敢让，一让这棋下得就没意思。"

韩瑞琪点了点头："老唐，你这样的领导不多，不让人让棋。我赞同这个观点，可有的人就不行。我也觉得该怎么下棋就怎么下。"

"小韩，我不是什么领导，只是个记者。"

"嗨，记者是无冕之王，当然是领导。"

"哈哈哈，无冕之王倒是个无冕之王，谁不知道这是个虚头衔。"

下完棋后，两人坐着聊天。韩瑞琪说起他曾遇到的一件事。

他以前在县农业局工作，局长爱下军棋。一次，他和局长下暗棋，裁判是局办公室主任。

局长拿着一枚棋吃了韩瑞琪的军长。

他就死死盯上这枚棋子。走了几步后，他用炸弹把这枚棋子炸掉，局长却没有亮倒"军旗"。

军棋游戏规定：一方的司令如果牺牲，其"军旗"必须亮倒。他看了看裁判。裁判若无其事的样子。他就纳闷：吃掉自己的军长，对手必然是司令。炸了司令，对方就得亮倒军旗。韩瑞琪并没看错，对方怎么不亮倒"军旗"呢？那个司令当时和炸弹一块儿放进棋盒里的。

那盘棋韩瑞琪输了。他亮倒局长的棋子时，嗯？对方的司令还在。怪啦？韩瑞琪说裁判不公平，怎么当的裁判？

办公室主任笑了笑，不吭声。

局长却火了："咋？我就不能赢棋？就你能赢？你以为你是谁？"

"郑局长，看，这个棋子吃了我的军长，是你的司令吧？我瞄着它，用炸弹炸了，可最后它还在，怎么回事？"

局长见他这样子，也没说话，恼狠狠地走了，办公室的门"哐"地响了一声。

局长摔门走了。

等局长走后，办公室主任叹了一口气："小韩，怎么说你呢？下盘棋玩玩，图个高兴，你也这么较真？别人下棋是和头儿套近乎。你倒好，惹得头儿不高兴，值吗？"

韩瑞琪说："你当裁判，就应该公平。"

"嘿嘿，我当裁判？你呀你……"办公室主任说了半截话站起来也走啦。

局长，说起来在县里也就是一个科级干部，却是一方诸侯。你以为这是在北京挤公交车，左边蹭了一个副厅级，右边靠了下副地市，一不小心还踩了一个副司长的脚？

后来，韩瑞琪在单位里干啥事也不顺当。人们见局长不理睬小韩，也不敢和他多打交道。他只好辞职。回家歇了一段时间，无事可干，想了想，利用自己的特长，出来在县城开了个棋馆。

唐尔黄慢慢说："小韩，在下棋这方面，你做的没错，可社会上的事情就是这么说不清。这个世界没有太多的公平。现在，由于干部提拔是任命制，提拔谁不提拔谁，风筝线攥在领导的手里，养成一种看领导脸色行事的毛病。时间长了，必然导致一种现象，有的人对上唯唯诺诺，低三下四，对下却吹胡子瞪眼，拍桌子骂人。办公室主任说的拉感情、套近乎，确实是一种存在。有的人把跟领导下棋作为一种桥梁，是为了交际，为以后的升迁铺路。你呢，下棋就是下棋，单纯的下棋，单纯的思维，没有把下棋作为一种手段，和其他事情联系起来看问题。而问题就出在这里。呵呵，我这是劝你，唉，其实，我也一样。这可能就是人们说的情商吧。情商的范畴很大，一件事情，你说是情商，可又有巴结的成分糅合在里面，说不清道不明。以后咱们都得注意一下。哈哈！"

听了唐尔黄的分析，韩瑞琪点了点头："老唐，你说得对。可……可我的性格就是这……这，我也想改，可怎么也改不掉。"

"咱们呀，都是一根筋。比如当头儿的讲个笑话，即使这个笑话很一般，没什么太引人发笑的，但人们发笑很多，爆发的笑声很大。有的人觉得这个笑话没意思，就没笑。这虽然不是道德方面的问题，对头儿来说，却是个态度问题。有的头儿察言观色，可能会记住谁谁听笑话后没笑，是不是对我有什么看法，是不是同我保持一致？你看这损失有多大？下棋的人是不是大多有这个毛病，智商高，情商低，智商与情商不配套？"唐尔黄剖析着："喜欢下棋的人大多数是聪明的，而聪明往往是智慧的天敌，越聪明的人如果不太在意的话，认为自己这方面挺优秀，就不在乎别的方面，就越容易和智慧渐行渐远。聪明是一种生存能力的体现，而智慧则是一种生存境界的体现。智慧，其实就是智商与情商的完美统一。"

韩瑞琪笑了笑，脱口而出："是这么回事。"

看着小韩的样子，唐尔黄难为情地点点头："以后，反正咱得注意点。"

"谢谢老唐指点迷津！"韩瑞琪握着唐尔黄的手说："老唐，以后来就打电话。"

"好的。"

唐尔黄把韩瑞琪送到宾馆的大门口。

送走韩瑞琪后，他站在宾馆门外抽了支烟，平抑着自己兴奋的神经，下棋时间长了，脑子里全是黑白棋子在胡乱地飞舞。他一边抽烟，一边在门口前面那块平坦的水磨石地面上来回走着。突然，他感到有点好笑。刚才还劝人家小韩，自己不是和小韩差不离吗？他想起了多少年前市委大院举办的那次象棋赛。快退休的刘副市长一路杀到决赛圈，遇到的对手纷纷败北。他因为外出采访没赶上报名，回来后就去赛场观看比赛。他发现，刘副市长的棋力很一般。当时在政研室当科长的杜明智和刘副市长比赛时却不明不白地输了。

下一局，刘副市长和报社看门房的小李对弈。

唐尔黄对小李悄悄说："那个副市长的棋我看了，说实话棋力不咋样。你好好下，估计会赢他。别人都输了是让着他。"

小李笑了笑："我才不会让他呐，我个看门房的，怕他给我转正？"

唐尔黄听小李这么说不由得笑了笑。

比赛开始后，小李占据着主动。不一会儿的工夫，小李当头炮压顶，底路炮牵制对手一侧的象和士，两个车把在二路线，卡着帅的脖子，给刘副市长来了个扎扎实实的"大刀剜心"。

刘副市长输棋后看着小后生的背影，问道："哎，这小伙子谁？"

有个人回答："好像……好像是报社看门房的。"

"嗯。"刘副市长面无表情地嗯了一声。

那次比赛后不久的一天下午，杜明智来到唐尔黄的办公室送稿。

唐尔黄问："哎，你的棋明明比刘市长的强，败了，专门让的吧？"

杜明智诡秘地"嘿嘿"了两声。

唐尔黄心想，情商，情商，这可能就是情商？

宾馆大厅的侧面摆放着一个大鱼缸。唐尔黄走过去观赏鱼缸里的鱼。

鱼缸里，七八条鱼在几棵水草、一堆鹅卵石之间悠然地转着，间或吐出的几个小气泡咕噜咕噜漂在水面上消失。看着下面的鹅卵石，他想，这些石头原先也是有棱有角的，而在时间的长河中，经过无数次的磨合，它们似乎领悟了外圆的重要性。外圆，其实也是为了自我保护，得以在世上长期存在。

一个人是外圆内方，抑或外方内圆，抑或外圆内圆，取决于生活中的磨难、坎坷与领悟。想了这些，唐尔黄不愿再多想，今天晚上，虽然输了三盘棋，可也没啥遗憾的地方，反而从小韩手里学到一些围棋方面的招法，这样想了想，觉得很充实，回去休息吧，但愿今晚能睡个好觉。

第十一章　国粹

棋

纹枰

十九线

纵横交错

千古无同局

演绎风光无限

黑白世界任驰骋

陶冶情操消遣休闲

烦躁无聊皆风吹云散

好一处静谧温馨的港湾

却又见腾挪跳跃雷鸣电闪

铜戟飞舞危机四伏险象丛生

棋高一筹四两拨千斤力挽狂澜
天文军事哲学数学体育熔于一炉
道不尽人生豪迈日月交替气象万千

马明高自从当了教练后，日子过得越来越滋润。

他开设的围棋培训班学员由当初的三十六个增加到七十五个，一个班变成了两个班。一个人里里外外忙乎不过来，就聘请了两个围棋老师来授课，人强马壮，鸟枪换炮。之前因为爱好围棋而几乎失去的一切，又因为爱好围棋收获着该收获的一切。

鱼城的一些棋友抽空儿到马明高这儿转转，和他切磋几盘，话语中免不了涉及学员学费等话题，心里惦记着他棋馆门前、墙上的那些挂图资料、课程表。棋馆门前，张贴着他和其他老师的围棋段位证书，还有小学员对弈的照片、学习围棋对孩子们的成长有什么好处的宣传挂图。

武教练、李飞刀、虬髯客等五六个棋友在鱼城别的地方选了地址，也办起了各自的围棋培训班。

虬髯客的棋馆开业时，大伙儿在酒店一块儿聚餐祝贺。

饭桌上，陈亚军拍了拍马明高的肩膀，赞许着他："小马，你给棋友们带了个好头。如今就业岗位比较紧缺，一来呢，几个棋友都有了吃饭的饭碗，二来呢，也是主要的，为咱鱼城围棋事业的后继有人做出很大的贡献。"

听老前辈这样夸奖，马明高有点不好意思。他笑着说："陈主席，你虽然不当主席了，但一直关心咱鱼城的围棋发展，令人敬佩。说实话，目前鱼城围棋这块蛋糕很大，我算啥？也就个蚂蚁，肯

定啃不完这块蛋糕。为了鱼城的围棋，希望几个棋馆的馆主互相
联系，多交流围棋教学方面的经验，培训好学员。咱得对得起学员，
对得起学生家长，对得起人家交的学费就行了。"

陈亚军、赵主席带头鼓起掌来。

赵主席举起酒杯说："嗯，马教练说得好，大家都是棋友，
要心往一处想，劲往一处使，好好教棋，争取培养几个省冠军、
全国冠军或世界冠军。来，为了这个目标，我提议大家干一杯！"

"来。"

"来。"

人们都站起身来碰了一下酒杯。

"重任在肩啊，各位！"陈亚军说："普及与重点相结合，
发现好苗子要好好培养，出点成绩。刚才赵主席提出了希望，以
后主要看马教练武教练你们的了。"

马明高说："培养个省冠军也许没问题，全国冠军，就……哈哈，
没啥把握。"

"要有理想——章晟的那个徒弟怎么样啦？"陈亚军问道。

武教练说："听说如今在北京的一个道场学得很好，势头很猛，
在段位赛上已升到专业八段。"

"看来，章晟没白教，官道沟的白老板也没白赞助。"陈亚
军感叹了一声。

大家纷纷点头。

这时，埋头吃菜的赵和玉把筷子搁在盘子边，嘴里还含着些
菜，嘟嘟囔囔地说："希望你们好好培养下一代，最起码给咱培
养个省冠军或者全国冠军，世界冠军最好。嘿嘿，我发个誓，啊，

你们教练们，谁要能培养个全国冠军或世界冠军，我呢，就给谁奖一辆小汽车。"

"嗯？"听赵和玉开出这样的价码，人们都瞪大了眼睛。

马明高问道："赵总，你这话当真？"

"当真。激励措施。不信？问问唐尔黄，我现在已经赞助了他方向盘以前的那部分。"

这时，人们把目光聚在唐尔黄身上。

唐尔黄看着赵和玉笑了笑："这老头儿吹牛时很大方。哎，老赵你啥时赞助我啦？"

"都记在本本上了，七拉八扯的下来，目前我输了这个数——"赵和玉伸出大拇指和食指瞄着唐尔黄，嘴里"啪"了一声。

"八千？"陈亚军睁大眼睛问道。

"差不多。"赵和玉点点头。

"瞎扯吧，估计也就两三千，陪赵总下棋的抽烟费，都冒烟啦！"唐尔黄淡淡地说。

赵和玉说："人家和我下棋，那烟抽得……后来我发现，抽烟是人家的一种战术，盘外招。嗨，先呛得你头晕脑涨。你们说他不赢棋还等啥？"

人们都笑了起来。

"唐记者的发明？"武教练对唐尔黄说。

"好抽个烟，特别是下棋和写稿的时候，算什么发明？"唐尔黄笑了笑说："别听赵老头儿瞎砍。"

赵大雷说："这棋呀，自从学会围棋后，一天不捏捏棋子手就痒痒，心里没着落。有时还耽误生意。"

"对，我也是。"虬髯客摸了一把自己的连鬓胡，"看，我这胡子，茂盛着呐，有时也顾不得刮刮。一次，一个当兵的挺羡慕我这连鬓胡，说当个连长，威风。"

大家看着虬髯客的连鬓胡都点了点头。

马明高若有所思："大家说，围棋是不是神对人类的一种赐予？古代的才子佳人都迷得如痴如醉。有的人放着官不做，隐居山林，乐此不疲，终日长消一局棋。我在北京上学，那个迷呀，误了不少功课。我就想，我学的是围棋专业该多好！"

赵和玉扭过头来看了看马明高："那时候，莫不是迷人家漂亮姑娘误了功课吧？"

"哎，算你蒙对了，一个迷棋，一个迷班里那个漂亮的学习委员。可惜，她不爱围棋，要不……"马明高坦然地回答："现在想想，漂亮姑娘没迷成，倒迷上围棋啦。唉，我就好好迷围棋吧，这一辈子无怨无悔啦！"

围棋，是中华民族传统文化的瑰宝。

在这块方方正正的棋盘上，纵横的十九条线，交叉出三百六十一个路（点），黑先白后，黑棋虽有先行之权，却有贴目之责，不失公允。三百六十一个点为奇数。路（点），在唐朝时为交通要道，一手棋一个点，谁占的路多谁赢。日本从中国引进围棋后，将路的称谓改为目，也就是谁占得目数多谁赢。这样，围棋除对弈过程中出现极其偶然的"三连环劫"之外，不会像象棋、军棋、兽棋那样经常出现和棋的现象，这样，围棋对棋手的刺激更大，更有吸引力。此外，围棋最大的魅力在于：对弈者总能发现在下棋过程中有人生的影子。布局阶段犹如一个年轻人刚刚步入社会；中盘时像中青年为了事业而打拼；收官时人到暮年，愈发谨小慎微，对自己的一生进行盘点，尽量避免出现漏洞，保持晚节。

象棋是春秋政治制度的缩影。它的排兵布阵呈对称式，车、马、炮、象、士、帅，前面五个排头兵。车直行，马蹬日，炮隔打，象飞田，士斜行，将帅稳坐中军帐，小卒一步一步往前拱，各司其职，各行其道。

军棋呢，司令、军长、师长、旅长、团长、营长、连长、排长、工兵、手榴弹，等级森严，官大一级压死人，但不论最大的司令还是最小的工兵，假如遇到一枚手榴弹，双方同归于尽。

兽棋，象、狮、虎、豹、狼、狗、猫、鼠，依次排列，上一级吃下一级，老鼠反而噎大象。

再看围棋，不论白子黑子，没有职位尊卑，没有官职大小。只有棋手在什么次序将这枚棋子放在什么点才能界定其价值的大小，这枚棋子或许庸俗不堪一文不值，或许力有千钧熠熠生辉。它没有兽棋天然的强弱之分，没有军棋人为等级的森严，也没有象棋那样循规蹈矩，而是闪烁着智慧独特的光芒……

围棋，起源于中国尧都（今山西临汾一带），古代时称之为弈，是棋类中的鼻祖。多少年来，经过无数爱好者锲而不舍的钻研，围棋招法有尖、长、立、挡、并、顶、爬、关、冲、跳、飞（小飞，大飞，超大飞）、镇、夹、挂（高挂，低挂）、断、跨、虎、挤、拆、逼、封、点、先手、收官等，可谓十八般兵器一应俱全，眼花缭乱，目不暇接。在这一方棋盘上，仿佛就是狼烟滚滚金戈铁马的沙场。

纵横十九道可演绎出天文数字般的不同棋局，谱写着废寝忘食孜孜不倦的乐章。从古至今，多少才子佳人为之着迷为之倾倒。多少棋手费尽心血，肝肠寸断，探索围棋的捷径，让后人肃然起敬。

在季节分明的北方，树上的叶子被风扯得快光了，冬天也就接踵而至。

每天凌晨四五点钟，唐尔黄就早早起床到单位办公室的电脑上写帖。从家里到办公室需要二十多分钟的路程。

一天凌晨，唐尔黄步行到单位去。凌厉的西北风呼呼地吼叫着，沙土拍打着脸庞。他后悔今天走得匆忙没戴个口罩，就用手把羽绒衣的领口往上拽了拽，加快脚步往前走。

突然，路边传来一声凄厉的叫声。

正在走路的唐尔黄打了个冷战。扭头一看，一种幽幽的光射来，原来是一只小猫盯着他。这只小猫龟缩在一家商店的门前……

谁家的小猫没看护好，这么早就跑出来，不怕冷吗？他想了想后就继续向前走。

这只小猫跑在他的前面停住，卧在路上。

他怕踩着小猫，只好绕道而行。走了几步后，嗨，小猫又跑在前面卧着。他想，这只猫和我闹着玩？等到六七次的时候，这只小猫跑在前面，在唐尔黄的皮鞋上蹭来蹭去，给他免费擦皮鞋……这时，一个念头浮上脑际：如果小猫再这样，就把它抱回家养起来。

果然，小猫再一次给他擦着皮鞋。好一只可爱的小猫！他弯下腰把小猫抱起来，用手轻轻地抚摸着这个可爱的小精灵。

小猫似乎怕冷，它直往唐尔黄的胳肢窝钻。

那天，他穿着羽绒衣，便尽量用袖管护着小猫让它暖和一些。抱着小猫转身走了几步，看了看天色还是黑乎乎一片。旁边是一座废弃多年荒草丛生的作坊。寒风凛冽，几盏路灯在光秃秃的树枝间发出微弱斑驳的灯影，摇曳于马路上……现在抱小猫回家合适吗？以前，他经常和朋友们下围棋，回家比较晚。妻子多次说晚上要早点回家，以免带了啥"不干净的"回来。想到这些，他犹豫了一下，还是先把小猫抱到单位吧。这时小猫的身体一弓一弓的发出"咕噜咕噜"的响声。

这咕噜咕噜的响声让他想起《聊斋》里鬼怪的故事，他多少有点害怕，尽管他知道《聊斋》里的故事是虚构的。当时天色还早，路上几乎没有其他行人。他想给小猫买几个火腿肠，但此时的商店还未开门。咋办？他抱着小猫站在原地，心里七上八下的。

"咕噜咕噜"的响声继续从怀里传出。

此时，唐尔黄有点恐惧。他狠了狠心弯腰把小猫放在地上。对不起了。

放下小猫后继续向前走。小猫也没再追他，只是在原地发出一声又一声的啼叫。他停下脚步转过身看着小猫，不知如何是好。

上班后，唐尔黄把早上遇到的事情给同事们简单地说了一下。

同事们听了，有的说是美女变幻的小猫，应该抱养；有的说这是猫仙在考验他的定力咋样……

下午下班回家时，唐尔黄走到早上遇到小猫的地方希望能再次看到小猫。如果再遇到，就毫不犹豫地把它抱回家，但这个希望泡汤了。一连几天他也没看到那只小猫。

第二天下午，唐尔黄到马明高的棋馆下棋，把遇见小猫的事告诉了马明高。

马明高听了觉得有点遗憾，说："这只小猫挺好玩的，咋不抱回去养起来？现在养宠物的很多。"

唐尔黄说："也想抱回去，可有点犹豫，当时在凌晨呀！"

"从这儿可以看出来你的善良，又有点犹豫不决。善良对人对事好，但对下棋不好，加上犹豫这样就更不利于下棋。"

"是吗？"

马明高点点头："我是这样认为的，不知对不对？来，下棋吧，不说别的啦。"说着就去倒茶水。

唐尔黄在棋盘上摆了六个棋子。

他倒上水走回来一看："咋摆了六子？不行，不行。"

唐尔黄说："一直就让六子呀？"

"五子吧。你的棋艺长进了。"

"长啥长？还是原先的臭水平。来，抽烟！"说着，唐尔黄把红岭烟拿出来放在棋盘旁。

从烟盒里抽出一支烟来点上，马明高笑了笑："想拿烟来堵我的嘴？我呀，其实让不动你六子，为啥呢？你是急性子，下得快。你说下棋也不是比谁下得快，而是比谁下得好。棋书上说'随手而下者，无谋之人也。不思而应者，取败之道也'。"

"所言极是。有时我下棋也想慢点，仔细看棋，算计一下，但时间一长就又快了。"唐尔黄的情绪有些沮丧，"这就和抽烟一样，明明知道抽烟有害身体健康，可还抽，明明白白犯糊涂哦。"

"明明白白犯糊涂就是不在乎。下棋紧注意慢注意还难免出差错，何况不在乎呢？下棋就要静下心来，考虑好再行棋，养成不急不躁的习惯才能多赢棋。"

唐尔黄用感激的眼神看了看马教练，说："是啊，但我不想把自己搞得太累。工作中的一些事情本来就挺烦人的，再这样耗心费神地下棋更累。说实话，我把下棋当成一种精神上的调节，一种休息，一种享受。你刚才说的不思而应者，取败之道也，确实对。可又咋说呢？哈哈！"

"这也好。如果仅仅把下棋当成一种消遣也未尝不可，把胜败之事看得淡一点，就是玩玩。今天几盘？"

唐尔黄明白他的意思。"依你的，二十盘就二十盘。"

他俩下棋，前七八盘一般是唐尔黄赢，后面十几盘棋，他的脑袋就有点晕，也就成为马教练的败将。

隔一会儿，那张百元钞票在两人手中传递一下。

马明高先买点迷魂汤："我这是干啥呢？一边教你棋，一边还输上钱。我在深圳陪老板们下，哪天不打闹个五六百元的出场费？"

"埋怨啥？鱼城的出场费就是你带回来的。我心里有数，咱俩下棋哪次不是你赢？还发牢骚？"

马明高抬起头笑笑，然后低下头盯着棋盘考虑下一步棋该咋走。唐尔黄凭借着起初摆放的六子占据着明显的优势。这块骨头难啃呀！

唐尔黄也有他的想法，在马明高这里交点学费，用学到的技艺对付赵和玉。

窗外，天色慢慢黑了下来。两人下了十六盘棋，算下来是个平手。马教练抬起手腕看了看手表，然后用商量的口吻说："咋样，今天就这吧？白陪你下棋啦，一点儿都没打闹上，图啥？"

"嗨，你这人，每次必须有收获才行，否则就失望，嚷嚷着回高老庄看丈母娘。"

"哈哈哈哈。"马明高发出爽朗的笑声。"我……我现在……就是吃围棋这碗饭呐。"

"咱俩下棋，你每次总要赢个一二百元，算我交的学费。今晚上我请客，补上。哎，喝啥酒吧？"

"有眼色。看着办吧。"

唐尔黄打手机告诉武教练李飞刀虬髯客，让他们到柳溪街老地方吃饭。

"哎，趁现在有点空，我给你说说。"马明高有点不好意思地笑了笑，"不说，就对不起你几年来交的学费。跟你们下棋呀，我发现，你和老赵、老汪都有个坏毛病，就是太贪子。有时看见一两个被吃，往往舍不得，就补。一补呢落了后手。其实宁输数子勿失一先。只要不影响大局，丢掉一两个闲子怕啥？下棋，一定要注意争先手。这和人生一样，要抢得先机。还有，舍得，啥叫舍得？没有舍就没有得，先舍后得。你看，现在人们求人办事，有人喜欢事后报答，有的呢？事前就送礼，事情就容易办，这叫有礼在先，这就是次序。次序不对，有时候就会误事。围棋也是这样，次序问题，先一手和后一手差别很大，对棋局的胜负影响也很大。是不是这样？"

唐尔黄点点头，他觉得马教练把棋与人生的一些问题悟透了。

把棋盘上的棋子收拾好，放进棋盒里。两人说笑着向一个小饭店走去。

饭桌上，马明高和武教练他们商量，是不是利用学校放假的时间，搞一次小棋手围棋比赛，让孩子们交流交流棋艺，以赛促学。再看看，张翼飞能不能在过年回家时，抽空来鱼城下一次棋。

听说请张翼飞，武教练有点吃不准。他说："能把张翼飞请回来下棋，那敢情好，但能不能请到呢？"

马教练说："是啊。咱让章晟请他咋样？"

"章晟请，应该没啥问题，老师嘛，得给面子。问题是人家过年回来没几天，时间上合适不？"

马明高考虑了一会儿，说："这样吧，我跟章晟先说一下，让他联系。行，比赛结束后，就示范一盘，不行，就算了。"

"好的。咱先组织孩子们报名，安排赛程表等，再看章晟联系的如何？再一个，张翼飞请来后，谁和他下？"

"你下吧。"马明高看着武教练笑了笑。

"我？你吧，你水平稍高点儿。我来给孩子们讲棋。"

马明高心想：这事情，如果输了，当着学员们的面，还让着两子，不好看吧？

看着马明高心事重重的样子，武教练给他壮了壮胆："为了孩子们，无所谓。"

"好，为了孩子们，我，我豁……豁出去了。"马教练有点结巴地说。

唐尔黄见马明高"舍我其谁"的样子，就举起酒杯说："来，干一杯，为了马教练、武教练的博大情怀。"

星期六和星期天，都是棋馆小棋手上课的日子。

为了在比赛中能取得好成绩，武教练暗暗铆足了劲，加强了培训的力度，想让班里的小棋手在比赛中崭露头角。星期天上午，为了调节一下学习的气氛，他把一张挂图挂在棋盘上，对孩子们说："今天，给你们出道小学生的算术题，你们算算，请看好这张图，然后举手回答。"

这张图上，列出的前提条件是：三朵玫瑰花相加等于60；一朵玫瑰花与两朵无名花（有五个花瓣）相加等于30；一朵无名花减去两朵葵花（两朵葵花重叠在一起）等于3。请问：一朵葵花加一朵玫瑰花乘一朵无名花（四个花瓣）等于多少？

几十个小棋手看着挂图，心里算计着。一名小棋手举起了手，说："101。"

武教练笑而不语。

这名小棋手眯了眯眼，感到纳闷。

武教练说："提示一下，请你们再仔细看看挂图，看看这花。"

小棋手们的目光都盯着大棋盘上的挂图，默默地看着。

这时，一个头上扎着蝴蝶结的女孩回答："81。"

"为什么呢？请你讲一下。"

那个小女孩站起来说："玫瑰花是20，葵花是5，叫不来花名的是5。最后叫不来花名的这朵花是四个花瓣，所以答案应该是81。"

武教练赞许地点点头，请这个小女孩坐下。武教练接着说："同学们，这道题呀，考的是大家的观察能力。看问题要看到细微的、不同的地方。如果不认真看这个挂图，就很容易让它给迷惑住。你们仔细看看，这几朵无名花，上面的这几朵，花瓣是五瓣，最后这一朵呢，四瓣，而问题就出现在这里。表面上看，这道题并不难，所以，容易让人产生误解，做出错误的判断。如果仔细观察，看清楚后面的这朵无名花的花瓣是四瓣，那么，正确的答案就有了。联系到我们学围棋，就是要提高观察事物的能力，要看到事物的细微之处，不能被表面的东西迷惑。如果是下棋，对手可能给你出一些骗招，误导你，让你上当。在这时候，你就要特别注意。有些同学下棋时只是埋头下棋，而不注意在中盘阶段点目，做形势判断。点目，就是在错综复杂的局面中的形势判断，知道你自己的棋势咋样，对手的棋势咋样，这样才能掌握主动，也就是人们常说的，知己知彼，百战不殆。"

"哗——"掌声从讲台下响起来。

"同学们，刚才牛牛同学回答问题正确，这种学习的态度值得表扬，下课后，奖励巧克力一块。"

小棋手们都扭过头来看着那个叫牛牛的小朋友，眼神里满是羡慕。

武教练接着说："再过一段时间，放了寒假，咱们鱼城准备举办小棋手围棋比赛。我希望小朋友们认真学习，取得好成绩。"

掌声又一次响起。

元旦前的一天，唐尔黄到市委大院办点事情。在市委大院的门口，正好遇见了李德孝经理。他们两人站在大门口的一边，李德孝给唐尔黄倒着苦水："唐记者，半年多了，我找了工作组十几趟，高绍棠找各种借口一直让我再等等，不知要等到猴年马月。现在，一些职工每天围着我嚷嚷着要原先的筹资款，你说我去哪里去找钱？工作组拖着让我等，职工们却不让我等。现在有本事的，自己扑闹着找点活干，还能养家糊口；没啥本事的，生活也没着落，恓惶得很。我……我现在是夹皮沟里的小常宝，两边都夹着我啊。"

唐尔黄问道："造纸厂开工后，一些原来的职工找不到活干，不能在纸厂干活吗？"

"用是用了一些。可现在机械化程度高了，厂里的用工不如以前多。唐记者，我现在摊上事情了，职工们找，婆姨埋怨，你说说……"

听着李德孝愁眉苦脸地诉说，瞧着他消瘦的脸庞，唐尔黄心里也说不出是啥滋味。本来，李德孝和老全想通过承包造纸厂，好好经营，赚点钱。如今，老全去了，李德孝也落到这种地步，让人说啥好呢？一个好的决策可以给人带来福气，同样，一个不科学、不理性的决策也可以让人失魂落魄。这些都是一些人为了讨好某个上级官员，而置别人的利益于不顾才导致的。像高绍棠这样的人，本事一般，为啥能混得风生水起？这种人眼里只有掌管着自己的人，只知道对顶头上司负责，曲意逢迎，而对下面的人呢则吹胡子瞪眼。想到这些，唐尔黄对于李德孝现在的遭遇也无能为力。只是说："人家让等等就再等等。"

"再等一段时间，如果还拖，我就只好打官司了。唉，姓杜的是不是要调走了？"李德孝问了一句。

"嗯？杜明智调走？我不知道。"

"刚才，在楼道里好像听见有人这样说。"

"调到哪里？"

"不清楚。"

"如果要调走，你的事情或许就有希望了。"

"但愿吧！"

"如果没什么希望，我就准备打官司。"李德孝孤注一掷地说。

"噢。你看着办吧。"

握手之后，李德孝怏怏不乐地走了。

唐尔黄转身朝大院走去，远远就看见一群人簇拥着杜明智走出市政府办公大楼。杜明智真的要调走？唐尔黄心想之前咋没听到他调走的一点信息呢？

下了台阶，杜明智停下脚步，转过身来和送行的市委、市政府领导握手道别。市委书记握住杜明智的手用力摇了几下，"欢迎明智市长以后多回家乡看看，多关心鱼城的事情，加强凤城与鱼城的经济文化等方面的交流与合作。"杜明智的眼眶有点湿润，他说："走到哪里也忘不了咱们鱼城。"说着，他又和魏副市长等一干人握手。

高绍棠紧走几步来到一辆车前打开了后排座的车门，伸出左手放在车门的顶端，生怕凤城新任市长有什么闪失。

曾是同事，曾是无话不说的知心朋友。如今，一个已经是志得意满的市长，一个还是普普通通的记者，该不该过去打个招呼？唐尔黄迟疑着。若是往常，唐尔黄会毫不犹豫地过去和杜明智打个招呼，祝贺他的荣调，可现在唐尔黄陷入尴尬之中。倒是杜明智似乎忘记了那篇内参消息带来的不快，看见唐尔黄在那里站着，主动走了过来和唐尔黄握手："老伙计，还干你的老行当？写稿累人啊！"

"谢谢你的惦记，调走呀？"

"噢，到了凤城，还是老行当。"

"毕竟是省城，施展拳脚的地方大。祝贺你！"

杜明智笑了笑，朝小车走去。

高绍棠赶忙把一只手搭在车门上边，护佑着杜明智钻进了小车。等市长进去后，关住车门。他又疾走几步，坐在另一辆小车里陪杜明智到凤城上任。

第十二章　真与假的考验

唐尔黄到了市新闻中心。

邱主任见唐尔黄来了，赶忙给他倒茶。

唐尔黄坐下后，对邱主任说："刚才上楼时看见杜市长到凤城上任啦。"

邱主任一边倒茶，一边说："杜市长是省委副书记冯三绩的红人。哎，你们是同事，你看看人家步步高升呀！论才气，我看你和他不差上下。"

唐尔黄，一副淡然的样子。"不能这样比，一个人跟一个人的兴趣、爱好、机遇不同。"

"唐站长，我看呀你这个人脑筋不错，智商没问题，可情商缺乏一些。多年来咱们打交道，你给我的印象是不愿向潜规则低头。是不是？"

唐尔黄看着邱主任笑了笑，没有吭气，他点着一支烟抽了起来。

邱主任瞧了一眼唐尔黄，见他若有所思的样子，就说："唐站长，刚才直言了，多有冒犯，不会在意吧？"康主任到鱼城采访时，唐尔黄过来和康主任下棋，在观看第一次下棋过程中给了他这个印象。

唐尔黄听邱主任这么说，知道他多心了，就赶紧说："哎——没啥，没啥。你其实说得对。我这人可以说对潜规则视而不见。"他坐在沙发上，思绪回到了以前的一件事上。

那是一年夏天发生的事情。

大仓县出现了一位舍身救火的"英雄"。上级领导要报社对此进行报道宣传。报社总编把唐尔黄叫到总编办公室，安排着采访任务："前天，大仓县有个青年为了保护集体的麦子被烧死了。准备一下，你明天到下大仓县采访，把他的先进事迹写篇通讯。"

唐尔黄一听总编这样说心里就有点纳闷，现在都什么时候啦，大仓还有没收割的麦子？他翻着办公桌上的台历看了看，都七月十五日了。他清楚，大仓县那里收割麦子一般于六月下旬开始，平原的麦子一般是机械化收割，不几天就能把麦子收割完毕。农民都是种地的好把式，种麦子都在阳坡地种，不可能在背阴地种，这时候咋还有没收割的麦子？他指着台历对总编说："都啥时候啦，总编你看。"

总编扫了一眼台历，然后笑了笑，说："去吧，这是市领导安排的。"

"今天可是十五日了。往年大仓县的麦子早已颗粒归仓。"

"不用多说啦，你去看看吧。"

"好的。"

第二天上午，唐尔黄坐车到了大仓县。

县新闻中心的左慧中拿着一个新闻通稿让唐尔黄看，通稿上说的和总编说的大同小异。

唐尔黄看完新闻通稿后提了几个问题："出事的这块地在哪里，阳坡地还是背阴地，这一带往年啥时候收麦子，为啥这块地这么晚了还有没顾上收割的麦子？"

"这个……"左慧中有点支支吾吾。

唐尔黄把那篇新闻通稿放在茶几上，问道："这稿是谁写的？"

"我写的，领导安排的。"

"噢。这样吧，咱们到他单位看看，找几个人再了解一下情况，好吗？"

左慧中点了点头。

左慧中陪着唐尔黄来到宏星铸造厂了解情况。说明来意后，厂长热情地把两位请到了会议室，又把几个年轻人叫来，说："那天他们几个人中午出去吃饭，回来的路上，看见老百姓麦田里着火了。小丁就不顾一切地扑过去灭火，由于烧伤面积太大，医院没有抢救过来，就……"

唐尔黄对厂长说："请他们几个说说当时的情况吧。"

"说吧，说吧。"厂长摇着扇子说："王德，你来说一下。"

一个穿花格子汗衫的年轻人说："前天中午，我们几个人吃饭回来时，发现一片麦田着火了，火焰很大。小丁说快去救火，说着就往前跑，我们见有危险，想拉住他别去，可他还是去了。过去之后，麦田边一个农民想拦他，也没拦住。他跑过去就在麦地上转着打滚，想用身体压灭火。可麦地里的火太大，烧得厉害。"

"咱们这一带，啥时候收割麦子？"唐尔黄问道。

厂长迟疑了一会儿，慢悠悠地说："就前一段吧。嘿嘿！"

"咱们这一带平原，机械化收割。这时间上是不是……"唐尔黄看着厂长说了半截话。

厂长见唐尔黄这样看着自己，心里就有点发虚。他把目光移在别的地方，回避着唐尔黄的眼神，嘴里嘟囔着："我们一直在厂里干活，农村的事情咱了解的不多。嘿嘿！"

厂长的笑有点尴尬，这也多少能从侧面印证唐尔黄的判断。他让另外几个年轻人再谈谈他们对这事的看法。

几个年轻人都说没啥说的，刚才王德都说完啦，意思都差不多。

唐尔黄想了想，看来在这二亩三分地上打不出啥粮了，有功夫得到现场去看看，心里才更有数。

一听唐尔黄想到现场看，左慧中说："唐站长，时间不早了，咱回宾馆吃饭吧。"

唐尔黄看了看手机，手机上显示十一点半多，就和左慧中起身回宾馆，他说："小左，下午再去看。"

中午在宾馆稍微休息一会儿，唐尔黄叫上小左去村里。

从车上下来后就像一下子掉进蒸笼里。七月的太阳火辣辣的，地上冒着热气，晒人没有商量的余地。

从那条土路走过来，左慧中指着前面一片地说这里就是小丁牺牲的地方。

唐尔黄看着这片地，地上灰乎乎一片。他久久没说话，想象着前几天这里曾发生的事情，同事的拉扯，老农的拦阻……一个鲜活的生命在熊熊大火中翻滚着，几十亩的麦田，麦苗高至成人的胸脯……这样成熟的麦子燃成大火，火势逼人，火舌翻卷，什么样的生命不被它吞噬？小丁，是什么给予你令人佩服、肃然起敬的胆识？唐尔黄在麦地里来回走着，细细看着地上残留的烟灰，一种难言的滋味涌上心头。停留了大约十分钟，他说想去探访一下当时拦阻小丁的那个老农。

小魏看着唐尔黄苦笑了一下："唐记者，不好找啊！"

"呵呵。不好找咱也找找吧，找到他才能好好地了解情况。"

在新闻中心工作的一般不愿和报社的编辑记者闹啥不愉快，尽量顺着他们的意思来办事，因为他们掌握着稿件生杀予夺的权力。

左慧中陪着唐尔黄去附近的村庄。

半路上遇见一个农民。这个农民六十多岁的样子，手里拿着个塑料袋。

唐尔黄问："老师傅，听说前几天那块麦地里烧着个人。你知道麦地是谁的吗？"

"我的。咋啦？"老农民伸手擦了把脸上的汗水。

听说这人就是自己要找的人，唐尔黄很高兴。他掏出一支烟来给老农民递过去并点着。"老师傅，请你说一下当时的情况，好吗？"

香烟是抽烟人之间沟通的绿色通道。

"噢，好的。"

"咳咳……"这时候，左慧中咳嗽了一声。

这个农民看了看左慧中，好像有点儿眼熟，只是想不起以前在哪里见过。

左慧中走过来，往老农民身边凑近些，自我介绍着："大爷，咱前几天见过。我是县新闻中心的，采访过你。"

"噢，噢，县里的，我也是看见眼熟。"农民笑了笑。

左慧中在不经意间给他使了个眼色，笑着说："大爷，"说着转身指着唐尔黄介绍道："这位是唐站长，想了解一下那天的情况。"

农民看着唐尔黄点点头，有点痛心疾首："那天哇，那个后生见……见麦子着火啦，风急火燎地跑过来，拦也拦不住哇。他跑过来……在地上打滚，来回打着。你说哇，麦子着火啦，火多大，哎呀！他的衣服都烧了，可他还在地上打滚……我急得，两手直拍格顶盖（腿关节），啊呀呀……你说这事闹得……好端端一个后生，就这样……就这样烧了……"说着，老农民的眼眶里有了泪水。"人家后生是为了我哇！为了麦子哇！后生没啦，我的麦子也没啦……你说这……"农民哽咽着，脸上的皱纹显得更多了。

等了一会儿，唐尔黄问："老师傅，咱这一带往年都是七月上旬或中旬收麦子？"

"噢，噢，噢……"他一边点头，一边噢着。

老农民这样坚定地点着头，让唐尔黄考量着自己之前的判断对不对。他想自己是否有点神经过敏，犯了经验主义的错误。他伸手和这位农民握手，说："谢谢你，老师傅。"

"没啥。"农民提了提手中的塑料袋，笑了笑说："没啥事，我就走了，去补种些秋菜。"

"噢，老师傅你忙，谢谢你！"唐尔黄笑着说。

这个农民点点头转身走了。

回到宾馆后，唐尔黄给在大仓县工作的大学同学古建华打了电话，嘱咐他晚上过来时带上围棋，下几盘解解闷。

晚饭后，古建华带着围棋来到宾馆。一阵寒暄后，两人在茶几上摆好棋盘，一招一式地开始下棋。

对弈中，古建华问道："老唐，这次到大仓采访啥？"

"采访一下那个救火英雄的先进事迹。"

"噢。都了解了啥情况？"

"到厂里和地头看了看，找些知情人打问——哎，建华，咱大仓这一带究竟啥时候收麦子？我都有些糊涂啦。咱们这里，我记得一般是杏子黄，麦子熟，咋前几天这里还有没收割的麦子？"说完这话，唐尔黄把身子仰靠在沙发上看着老同学。

古建华的右手夹着棋子正准备往棋盘上落子，听唐尔黄这么说就停住了，他把棋子放回棋盒里。

唐尔黄看出古建华有点难为情的样子，就说："对我有啥隐瞒的？我想全面、透彻地了解一下事情的来龙去脉。"

古建华无意识地往门口那儿看了一眼，身子往前倾了倾，然后压低声音："唉，哪是救麦子？屁！这里都是平地，以前，人们拿镰刀割麦，累死个人。现在，收割机哗哗一过，多少亩也经不住收割，一般到六月下旬都收割完啦。"

"那救火到底咋回事？"

"收割机收麦，麦茬留得高一些，不像镰刀割留得低。当时，人家农民放火是烧麦茬，准备再种些蔬菜啥的。那个小伙子愣头愣脑就扑过去救火，人家想拦他，没拦住。"

"原来这么回事？"唐尔黄从沙发上站起身来，在地上来回走着，走了一会儿停住。"他这样做，为的是啥？"

"其实也很简单，厂里评比先进，奖几千元。那个小伙子没评上，心里憋着股气。当时，他们几个人路过那片麦地，远远就看见麦田着火啦。他说快去救火。别人说，救啥？老乡烧麦茬。他说麦子着火啦，快去救。别人还以为他开玩笑，谁知他真的跑过去，在麦茬地里躺下打滚，打了几圈就……就不打啦！"说完后，古建华端起茶杯喝了一口茶。"情况就是这，总的来说，精神可嘉，死得却没啥价值。"

"这些情况是咋了解到的？"

"我有个亲戚就在那个厂里，他说的。那天中午他们几个小伙子出去吃饭，还喝了点酒。"

"你的亲戚叫啥？"

"王德。"

"王德？"

"你认识？"

"到厂里时见过。"说完这话，唐尔黄心想，王德在会议室说的咋和这不一样？这里面有什么文章？

古建华看见唐尔黄想着什么心事，就说："其实也没啥，领导一句话，大伙儿就瞎忙活。来，不说了，过来下棋吧。"

唐尔黄慢慢地走过来，说："建华，今天请你过来下棋，真是没有白请，给我说了些很有价值的话。新闻这东西，紧注意慢注意还难免出差错，有意为之就更说不过去。"说着唐尔黄坐下来，和老同学继续对弈。

第二天上午回到报社后，唐尔黄就把这次到大谷采访的情况给总编做了汇报。

总编用手挠了挠头皮，叹了一口气，说："这事情……我当时接到电话后心里也纳闷，都啥时候了地里还有麦子？可这是市里领导安排的呀，要好好宣传，你说这……"这时，总编看了看唐尔黄，说："你看这样行不行？既然领导安排了，咱就办。你写篇人物通讯，三千字左右，在头版上发表。"

"这个？这个恐怕不好吧？这不是明摆着造假吗？"唐尔黄摇了摇头。

总编看着唐尔黄不愿意的表情，笑了笑："你这人呐，别钻牛角尖啦。世界上的好多事情都是稀里糊涂的。如果啥也较真，能较真过来吗？好啦，今晚上加个班写出来。明天我看看，后天见报。"

唐尔黄摇了摇头，说："总编，这样的稿子我写不出来，心里别扭。"

听了唐尔黄说的这话，总编有点不高兴，口气严肃了许多："你看你这人，让你写你就写，别废话啦！"

谁废话呢？唐尔黄心里有点不痛快，想了想，话到嘴边又咽了回去。总编岁数不小了，得给点面子，说什么也不能顶撞。

人们都说当老实人好，可世间给老实人挖的坑一个接着一个。时间长了，谁还愿意再当老实人？

总编见唐尔黄站在那里不吭声，剜了他一眼。"不写？不写就算了。我再派别人去。"

隔了几天，报纸头版头条刊登了另一位记者苗宇写的人物通讯——《烈火真金》。

总编在报社的一次会议上说："……工作，就得像苗宇这样，让干啥就干啥，不讲价钱，不推三推四，这样才行。咱们报社的工作才能搞得更好！如果都自以为是，都各行其道，报社的工作还咋搞？"

……

这些往事，如眼前飘散的烟雾一样，虽然远去，毕竟留下了痕迹。唐尔黄在烟灰缸里灭了烟头，对邱主任说："这一段忙啥？"

"还能忙啥？每天就这摊活儿。招呼你们，招呼领导，能在报纸电视上发些新闻稿就多发些。"

"噢，杜市长调走后，谁当市长呀？"

"这个，这个没听说。可能魏市长要进常委，当宣传部长，管我们。"

"嗯？"唐尔黄嗯了一声后，没有说话，心想他当宣传部长，真是冤家路窄。唐尔黄平时没事就到新闻中心这里坐坐，顺便获取一些信息。今天获取的信息，对他来说不是啥好信息。

在凤城开棋馆的章晟给马明高打来电话，张翼飞在春节期间能不能回来还是个问号。张翼飞经过选拔赛，即将代表国家围棋队出征韩国，参加 JL 世界杯比赛。即使能回来，也是回家里停留一天两天，然后就得赶回北京做些准备工作，忙得实在没时间。

听了章晟这一番话，马明高喜忧参半，说："祝贺你啊，说不定在咱鱼城真能出一位世界冠军，你就是冠军教练啦！"

"哈哈，现在还不能这样说，这事情吹不得，啥情况都可能发生。只有比赛结束啦，才能见结果。就这样吧，马教练，没有按你的意思办了事，谅解一下！"

"没啥，没啥。市里举办小棋手比赛后的表演赛嘛，实在不行的话，我和武教练下表演棋，不要冷场就行了。当然，我们的档次就差了一截儿。如果有空的话，你给小棋手讲解，这个没问题吧？"

"好的，那事情没办成，这事情来补！"章晟在电话里给马明高吃了个定心丸。

元旦之后，天空铆足了劲似的，恶恶地下了几场大雪，漫天的雪花飞舞着，将一冬天嚣张的灰尘、雾霾押到地上接受着寒冬的审判。鱼城的楼顶、马路上、郊外，到处是白茫茫的一片。

望着窗外的飞雪，唐尔黄的心情爽多了许多，一年一度的报纸征订工作终于在求爷爷告奶奶声中完成了，现在的网络、微信、自媒体对报纸的冲击很大。近几年来，每每报纸征订，他都感到了一种从未有过的压力，但这是报社赖以生存的土壤，咬着牙根也得完成。同时，他也领略了社会日新月异的发展。这时，放在办公桌上的手机响了起来。他拿起手机扫了一眼，见是马明高打来的。

"老唐，在记者站吗？"

"在。有啥事请说。"

"一句半句说不清。一会儿我和武教练过去一下。"

"好吧。"

等了一会儿，马明高、武教练来到了记者站。两人一进门就拍打着身上的雪花，地上零零星星地出现了两小摊水珠儿。

马明高对武教练笑了笑："瑞雪兆丰年啊！来求唐站长，总没问题。"

武教练笑得眼睛眯成一条缝。

唐尔黄问道："啥事情？"说着拿起办公桌上的烟盒递到两人面前。

武教练伸着胳膊挡住唐尔黄的手，说："来，抽我的，抽我的。"

"哎，一样。"

马明高点着烟后，烟气和话一起冒了出来："想了想，还是过来了，过来求你给拉点赞助。"

"赞助？啥赞助？"

"小棋手比赛的，给小棋手们发些纪念品，活动才有意思。"武教练信心十足地说："这盘小菜，不够唐站长吃。"

看着两位教练一唱一和地给自己戴高帽子，唐尔黄心想：现在不比以前了，上面有文件规定，禁止人们拉赞助，减少企业的负担。可看两位教练的意思，这事情还讹住他了。他犹豫了一下，慢慢地说："这事啊，以前好说，现在有点难度。"

"噢，难度是有点。不过，正因为有难度，我们才来麻烦你老人家。"马明高坐在沙发上，笑盈盈地看着唐尔黄。"你认识的人多，面子大，好歹找个企业家说说就差不多。"

唐尔黄问道："比赛定在啥时候？"

"初步定在正月初五初六两天。这时候章晟正好也在。到时我和武教练下表演棋，章晟挂盘讲解。"马明高说。

"好。张翼飞呢？"

"人家忙得不行。要备战 JL 杯比赛，说不定这次能拿个世界冠军。"

"如果拿个世界冠军，章晟就牛了！"唐尔黄说。

"是的。"武教练说："哎，唐站长，咱还是说咱的，赞助咋样？"

唐尔黄笑了笑，底气有点不足："哈哈，我这几天看看吧，不过，你们不敢抱太大的希望。"

"尽你的力吧，看在我俩的面子上。"武教练的目光里充满期待。

"大约多少钱就够了？"

"多多益善，起码得两万元吧。"

两万元倒不多，可现在不同以往，一是煤焦企业都不太景气，二是明文规定，禁止任何单位、个人拉赞助，不能给企业增加负担。困难不小啊！可朋友求上门来，实在不能顶。唐尔黄想了想便说："好吧，我想想办法。"他坐在办公桌前，一只手在额头上从下往上抹了一下头发。他有个毛病，吃软不吃硬。

接下来的几天，唐尔黄利用空余时间跑了自己熟悉的、关系还不错的几家企业，联系赞助围棋比赛的事情。有几家效益比较好的企业，以前也是因为朋友们搞活动赞助的事情麻烦过人家，如今不好意思再去麻烦人家。跑了几家企业，可这几家虽然有钱，但对小棋手比赛的兴趣不大，找"不好走账"等借口婉拒了。唐尔黄犯了愁，这事情揽得……

过了一段时间，马明高给记者站打来电话，问赞助的事情咋样啦。唐尔黄说再等等，我得想想办法。放下手机后，他想，这年头，除了吃屎难，就是要钱难啊！唉，自己揽下的事情自己办，不能怨别人。他点上一支烟默默地抽，心里琢磨着如何打闹这两万元。他在办公室走来走去，以后再不能揽这事了，再不能让别人给戴高帽。戴高帽是要付出代价的，拿一张老脸出去到处蹭。出去转转，在屋里闷得慌。

出来后，他想到市新闻中心，一来看看有什么新闻线索，二来跟同行们聊聊天。从记者站到新闻中心也不远，出来捎带散散步就过去了。快到大院门口时，他看见大门口出来进去的人和车辆很多。他和老徐打了个照面。老徐在市社联工作，快奔六十的人了。

老徐看见唐尔黄就站住，说："小老弟干啥呀？到交易市场转转？"

老徐的问话让唐尔黄有点莫名其妙。他问道："老徐，啥交易市场？"

"你——你不知道？"

唐尔黄摇了摇头。

"你看看这几天，这里快成了骡马交易市场，出出进进的都忙着拿钱买官。"说着，老徐朝大院方向努了努嘴："哼，哼。"

看着老徐滑稽的样子，唐尔黄笑了笑："原来是这样呢！那老兄为啥不买一个？"

"我？我尿他们都没来得及喝水呐。我再蹦跶一两年就回家抱孙子，省点钱还想给孙子买糖吃呢。"

"老兄好心态，看得开。"唐尔黄夸着老徐，还伸出大拇指朝老徐晃了晃。

"看得开咋？看不开又咋？我干了二十多年副科长、科长啦，还是个这样。能咋？"说着老徐开导唐尔黄："小老弟你还小些，听老兄一句，该活动就得活动，闹上个一官半职的。你想想，好人不活动，坏人偷着乐，坏人掌了权，好人不遭殃？"

不愧是社联的，说话一套一套的。唐尔黄笑了笑，说："老兄，咱如果花钱买，咱不也成了坏人了？"

一听唐尔黄这么说，老徐急忙伸出手，手心朝外摇了摇。"哎——不能这样说，好人毕竟是好人，好人掌了权，最起码不出去糟蹋老百姓。"

唐尔黄说："可好人有时候也会变坏的，有时候环境造就人！"

老徐点了点头："倒也是，可毕竟少。"

"咱到了那位置，如果不注意，说不定比人家还坏呐？"

这时，老徐往后稍微仰了仰脑袋，摇晃着食指指着天上："你为他们开脱。好啦，社联说不过搞新闻的。哈哈哈。我走呀。"

唐尔黄伸手和老徐握了一下手，说："不管咋样，谢谢老兄指点迷津。"

老徐说："哪里哪里……哎，改天有空了下下围棋。哪次来，听谁说你的棋艺长了不少，大院里没对手哇。"老徐边说边努力回忆着什么。

"一般一般，人家忙事务，时间长手生。咱是有空就断不了下下，仅此而已。"

中午回到家后，妻子正在厨房做饭。她见唐尔黄回来了，就暂时关了厨房的抽油烟机，清静些。她说："听说这一段提拔干部，我们单位那些具备条件的，火烧火燎的，跑大院跑得很勤。要不，你也去跑跑？"

"跑啥？"唐尔黄漫不经心地回答，把几个炒好的菜往餐桌上端。

"爱理不理的。你当科长多少年了？我记得，你提拔副主任时，杜市长还是干事。你看看人家现在，你看看你现在……"妻子埋怨着，把炒菜的筷子放在碗上。

唐尔黄没有在意这些，拿了双筷子还没有坐下就吃菜："嗯，味道不错。"

"你看你这样，就知道个吃，没出息。"

唐尔黄岔开话题："菜不错啊！"

"啊呀，你呀你！"妻子过来揪了一下他的耳朵。

唐尔黄把筷子搁在盘子边："咋啦？"

妻子愣了一下，然后说："今天上午，我去银行取了点款，给你准备了五万元，咱没多有少，你拿上它也活动活动，别死眉蹙眼的。啊！"

"哼！"唐尔黄又拿起筷子。

"哎！没听见我说？"妻子有点儿不高兴。

"卖官鬻爵，封建社会那一套，沉渣泛起。"

"死干犟。我听人们说，市委组织部长，那部长姓啥来？魏什么来？"妻子的脸朝上，努力地想着。

"有个姓魏的，宣传部长。"唐尔黄头也没抬。

"对，对。"妻子高兴地说："嗯，原来是宣传部长，现在组织部长，刚当了的。我听有人悄悄地说，人家说来，你不送钱，谁知道你想进步？我想了想，也是这么个理儿。"

唐尔黄知道，妻子这样做也是为了自己好，可自己打心眼里鄙视、厌恶这一套。他耐着性子给妻子分析："你看啊，这些跑官买官的，为了达到目的，得先预支，但预支不能白预支呀！一旦当官后，必然恶狠狠地想把预支的那部分要捞回来。捞回本钱后，还想继续爬，咋办？再送。再送就得再捞，恶性循环。你想想，社会风气是咋坏的？就是这样坏的。比如说，有一堆大火在那儿呼呼地烧着，人们都抱着干柴往火堆里放，却说这火大了，烧着啥东西，就躲得老远。说这火跟自己没关系，然后还骂骂咧咧。你说是不是这样？如果我也这样买个官，你说我捞不捞？不捞，预支的回不来，捞了，于心不安。你看看，我是那样的人吗？我不也成了个贪官？"

"由你吧，由你吧！"妻子不耐烦地说。

唐尔黄似乎占据了上风，说："拿点酒，喝一口。"

妻子在厨房里，头也不回，闷声闷气地说："想喝自己拿。"

没办法，往常都是妻子拿酒，并嘱咐少喝些。今天中午，妻子晾了他。唐尔黄只好哼哼着小调，自己到酒柜那儿拿酒。

妻子说："白让我忙活了一上午。唉——"她叹了一口气。

"哎，好说，我正发愁给小棋手比赛拉不下赞助。"唐尔黄满不在乎地说："要不，拿出两万元给他们赞助赞助？"

妻子扭过头来，眼珠子显得很大："什么？"妻子找到了喷发点："你家开银行的？啊？傻了吧唧的！"

"没开，没开。"唐尔黄唯唯诺诺地回答。

"啊！你倒大方。有本事你到外面去拉，没本事，别想这钱！真是的，没见过你这号人，吃里扒外的东西。"

唐尔黄慢慢地喝了一杯酒，然后拧上酒盖，一声不吭地把酒放回酒柜里。心里沮丧，唉，自找的，背个鼓让人擂。

第十三章　拉赞助

在条小巷里，三四个儿童聚到一块儿放着鞭炮，手一扬，半空中火星一闪，"噼"地一声，换来他们欢快的笑声。浓浓的年味就从这淡淡的硝烟味中发酵。

看着这几个孩子天真活泼的样子，唐尔黄心里很羡慕：孩子们多好啊，无忧无虑，眼里满满的一片阳光。

唐尔黄刚从一家企业出来，经理的话还回旋在耳边："唐站长，赞助的事就先放一放。前几天，董事会刚开了会，开源节流。咱这儿今年的效益比去年差了些。如果是你个人的事情，好说，我不管想啥法都给你办。你说孩子子们赛个围棋，也没啥影响，冠个名也意思不大，是吧。不行的话，你再想想别的办法。"唐尔黄面子薄，不愿意死缠烂打，见经理这样打哈哈，说了几句客气话就握手告辞。出来后，他掏出手机搜寻到马明高的手机号，刚想拨打，可是眼前浮现出马明高、武教练上次到记者站那充满期待的笑容，就开始为难，马教练他们也不容易，他们也是为了孩子们，为了鱼城的围棋。如今，自己挖的坑得自己跳，谁让你死要面子活受罪呢？再跑上几家看看，树上有枣没枣都打上几竿，说不定能打下个枣儿。此时，他站在这儿看孩子们放鞭炮，就是想给自己调节一下情绪，缓缓劲儿，再硬着头皮跑上几家看看。

"唐站长，在这儿干啥？"

唐尔黄扭头一看，是李德孝经理，只见他背着个挎包笑盈盈地走过来。

"噢，是李经理，今天这么开心，有啥喜事？"唐尔黄问道。

李经理走过来没说话，先从衣袋里掏出烟来给唐尔黄递来一支，然后说："这人呵，总得给自己找乐，要不，就得憋屈成猪尿泡。"

"对，李经理。杜明智调走了，你的事咋样啦？"

"嘿嘿，我刚从市法院出来，这事费了好多周折，总算有点眉目了，你给介绍的那个律师不错，人家那口才，真是利索，啧啧。谢谢你呵，唐站长！"

唐尔黄笑了笑说："没啥。把该补偿的能补回来就行了。"

"是哇。过两天法院就出结果，总算有个着落啦。只是……只是可惜了老仝。他没看上这个结果。"说着，他仰起脸来停了好一会儿，忍着，让泪水躺在眼眶里晒太阳，感叹道："老天有眼，老天有眼呵！"

唐尔黄说："老杜调走了，法院判案时就好判一点儿，不受什么太大的影响，相对公正些。"

李德孝点点头："是啊！姓杜的调走时我也知道。当时呀，我真想叫上我们造纸厂的工人在市委大门口给他放几串鞭炮，烧上几个花圈欢送这狗儿的，给他个难堪！后来想了想，算了，放他一马。"

"是的，得饶人处且饶人，他作为一个市长也有他的难处。"唐尔黄赞许李德孝的做法。不过，话又说回来，这个老杜确实让李德孝他们也遭了不少罪。就说老全吧，想干点事，想赚点钱，结果把命也搭进去了。

"唐站长，有空吧？中午咱坐一坐？吃顿饭，好好聊聊！"说着他看着唐尔黄。

唐尔黄扫了一眼天上的太阳，估摸着时间不早了，就答应道："行，少喝点，祝贺一下你。"

"结果没出，还不能说赢呀，但愿赢吧。这事拖得人够呛。"

两人相跟着来到一家小饭店。

服务员见客人来了，拿着菜单乐滋滋地走过来。

李德孝向服务员示意，请唐尔黄点菜。

唐尔黄摆了摆手。

李德孝接过菜单后，点了五个菜，问唐尔黄喜欢喝点啥。

唐尔黄说："去掉两个菜，吃不了。浪费了可惜！"

……说来说去，李德孝只好去掉了两个菜，要了一瓶曲酒。

服务员拿上酒盅后，两人先碰了三杯。

唐尔黄的酒量不行，加上连干了三杯酒，他的脑袋就有点儿不听指挥，眼睛迷迷糊糊的，为了不扫李德孝的兴，硬撑着说还行。

酒桌上，喝酒说行的，和臭棋篓子下棋大概同出一辙，说行的大多不行，说不行的大多很行。

李德孝看了看唐尔黄头沉的样子，就说："唐站长，你随意！"

唐尔黄喝酒不行，抽烟却是行家，这支烟还没抽完，手就又到烟盒那儿抽出第二支续上。

他一边喝酒，一边讲述着市里卖纸厂还发生的一些事情。

唐尔黄这才知道，杜明智居然在这期间训斥公检法人员无能，连几个工人都摆不平。随便查查，还扣不了顶帽子？你们能保啥驾，护啥航？啊？

听着李德孝愤愤不平的讲述，唐尔黄的火气就伴着酒劲从心底挤出喉咙："他奶奶的，法律在他们手里就像皮影戏，他们在幕后操纵啥，幕上就得演啥！法律是他家的？！"

李德孝见唐尔黄这样说，知道唐站长是个性情中人，反过来劝唐尔黄别生气。他检讨着自己："也是的，咱俩高高兴兴吃顿饭，我咋说让人不高兴的话呢？"

唐尔黄摆了下手："我也知道自己这臭毛病，一见一听这耍霸道的，就恨自己没练过啥绝世武功，否则，一记猛拳就过去……"

两人都笑了。

唐尔黄说："归根结底，还是修养有点欠缺，控制不了自己的情绪。以前说智商，现在讲情商。前几天，我看了看情商这个词，情商是一种认识、了解、控制情绪的能力。提高情商是咋？就是把不能控制的情绪转变为可以控制的情绪。"说完这话，唐尔黄有点不好意思地笑起来："唉，说起来，我也是五十多的人啦，古人说五十而知天命。我呐，咋改不了这毛病？不过，我有个想法，你说情商这东西……咋讲呢？如果人们都情商高了，社会上的不正之风不是越刮越厉害吗？"

"来，吃菜吃菜。唐站长，咱多吃菜少喝酒。至于说这情商，说实话，我也不太懂。不过，我认为这年头社会上见义勇为的人不像以前多了，大多是多一事不如少一事。公交车上、广场上，那么多的人看见有人干坏事就当没看见。哈哈，咱不说啦，服务员来！再加个菜！"李德孝见盘子里的菜都快凉了，扭头招呼服务员。

"够了够了，再点就浪费了。"唐尔黄说："讲究啥？够吃就行，一会儿一人来碗刀削面就行了，别点菜了！"

服务员过来瞅了一眼李德孝，站在原地，有点左右为难。

李德孝看了看唐尔黄，见唐尔黄没反应，扭头对服务员说："等一会儿就上面吧！"

服务员说："好嘞。"转身忙乎去了。

此时，不知咋的，上午去拉赞助的事情就又浮了上来，唐尔黄不由自主地叹了一声。

李德孝关心地问道："老唐，有啥烦心事？"

"没啥。"唐尔黄淡淡地回应着。他感觉自己有点头晕，用手托住了下巴。"这酒，劲儿还不小。"

"哎，唐站长，咱们算熟人啦，有啥需要帮的，可别见外，该说就说。"李德孝看着唐尔黄说："真的，我这人，你慢慢处就知道了。"

唐尔黄努了努劲，有意让自己的身体挺直了些，多年爬格子的经历没挣下啥，倒给身体挣了点驼背。本想说说赞助的事，话到嘴边又咽了回去。

李德孝见他欲言又止的样子，猜想唐尔黄心里肯定有点啥事。他想老唐这人够哥们，我得帮帮。就问："老兄，有啥事就说，我能帮的就帮，别藏着掖着。"

"也没啥，就是前一段，棋馆那两教练，你也见过的，马教练和武教练。想让我给拉点赞助，两万元。他们要搞小棋手比赛。我跑了几家没跑成。"

"哎哟，原来这事呀。这样吧，唐站长，再过几天法院那边有了结果，这两万元我出。"

唐尔黄又点着一支烟，说："算了，你的好意我领了。你现在也不宽绰。我揽下的，我再想想别的法子。"

"哎，唐站长，你看这就见外了，你那么帮我们。这点小事儿我帮，一定帮！别说现在快有结果了，就是法院那边没结果，我也想办法，闹上这两万元，这算啥事？包在我身上！"李德孝一边说，一边拍着自己的胸脯。

唐尔黄见李德孝这样侠肝义胆，感激地说："呀，交朋友就是要交你这样的朋友，值！一些商界的朋友，关键时刻靠不住，太能算计。这样吧，如果行就行，不行的话，李经理你也别硬撑着。"

李德孝笑了一声："看唐站长说到哪儿啦？你的事就是我的事。搞比赛都是为了孩子们，是好事。说实话，我知道下棋的一般严谨、坦荡，明大礼，知大局，说话办事都让人感到爽快。通过老全结识了你，感觉你公道正派，不绕弯子，该说的说，该帮的帮，不计较自己的得失。这样的人，我服气！"

听了这一番话，平时快人快语的唐尔黄此时却没再说什么，从桌子那边伸过手来，握住李德孝的手使劲地摇了几下，说："再加一个菜，再加点酒！"

　　和李经理在小饭店吃了顿饭，意外收获的是总算把件让人头痛的事给了结啦，唐尔黄心里觉得很爽。

第十四章　揪心事

　　第二天上午，唐尔黄来到记者站，准备给马明高打电话说说赞助的事，看了看台历，心想缓缓再打，等彻底落实了，这事才算妥当。

　　这时，桌上的手机响了起来，他看了一下，屏幕上没有显示内存的名字，生人打来的。他迟疑了一会儿后接起了电话。电话里传来一个男人的声音："是唐记者吗？"

　　"是的。你哪位？"唐尔黄问道。

　　"我嘛，一个学生家长。姓郑。现在给你提供个线索，昨天下午，鱼城三中有个女孩儿跳楼了。这女孩可能死了，听说她跳楼前还写了封遗书，拿着这封遗书从楼顶上跳下来。"

　　"啥原因？"

　　"好像是她没钱上什么课外辅导班！唐记者，现在有的老师心太狠了，谁不上他的辅导班就给谁白眼，就刁难。有的老师上课不讲关键的内容，关键的都留在辅导班上讲。这么说吧，这个女孩是被他们逼死的。我听说唐记者敢说真话，敢为群众说话，就给你打电话。不知唐记者敢不敢蹚这趟浑水？"

听到手机里这样说，后面还来了个激将法。唐尔黄顿了顿说："请问你尊姓大名？"

"我，郑二蛋。……干个体的。"

"刚才你说的事可靠吗？"唐尔黄想确认一下。

"没问题，唐记者。昨天傍晚我看见的。不信你去三中看看。校门口有许多人。对了，我现在就在这里，前门口。"

唐尔黄出了办公室，驾车走了五六分钟的路程，来到了鱼城三中的大门前。

找了个地方放下车，唐尔黄见大门口那儿站着四五十人。唐尔黄走过去，看见人们围成一个圈，中间有个四十岁左右的女人在地上蹲着，手里抖着一件衣服，哭诉着："孩儿呀，你怎么这样呢？"这个女人穿着一件破旧的羽绒服，羽绒服上是密密麻麻的白点子。大体一看是个刮墙的。从口音上听出她是外地人。可能是哭泣的时间长了，她的嗓子嘶哑，散乱的头发在寒风中抖动着。脸上残留着浑浊的泪痕，透着绝望。她不停地唠叨："闺女呀，孩儿呀，你是被他们逼得……大家伙看看呀，这，女儿的血衣呀，血衣呀……"

一个男人弯下腰，低声对那个女人说："告他们，告他们。什么他妈的老师？"

"对，对！"几个围观的人小声附和着。

　　有的人看上一会儿，留一声叹息走了。

　　学校的三个保安在校门口转悠着，瞅着大门口的人们，警惕性提高了许多。

　　唐尔黄看了看，站了一圈儿围观的人们，除了几个老太太脸上有点同情外，其他人不知是天冷还是心凉，都木然地站在原处。他瞅了一眼校门口的几个保安，他们的脸上也冷冰冰的，他们的职责是防止有人在校门口喧哗与闹事。此时，他们唯一的施舍，就是没把坐在水泥地上这个哭诉的女人给拖走。

　　这个女人的眼睑红肿，嗓音嘶哑，口里重复着："我的孩儿呀！我的孩儿呀……"她的一只手伸出来在头顶上抓着什么，嘴里哭诉一声，那只手就在头顶上抓一下……这时，她旁边的一个女人替她拿着那件血衣，褐色的血迹似乎能闻见一股血腥味。

　　这时，唐尔黄的胳膊让人轻轻地拽了一下，那人问："请问，你是唐记者吗？"

　　唐尔黄回过头来看了一下，是个四十多岁的男子。他点点头，问道："你——你刚才给我打的电话？"

　　"噢。"

　　唐尔黄跟着郑二蛋走到学校存车处的门前，这里安静些。

　　郑二蛋说："唐记者，昨天下午五点多，我正好路过这里，你看，就是那里——"他伸手指着不远处的一座楼房，说："模模糊糊地看见教学楼下站着几个人抬头向楼顶上看，有的人嘴里嚷嚷着，我听不清他们嚷什么。楼顶上有个人，那个人在楼顶上喊了句什么，然后就往下跳。唉，可怜的娃！"

　　唐尔黄看着郑二蛋，他理着个寸头，脸庞胖胖的，身板敦实。

唐尔黄顿了顿问道："是不是你孩子也在三中上学？"

郑二蛋点点头。他接着说："人家死还死啦，学校有的人怕担责任，就放风说人家可能是谈恋爱没谈成，心灰意冷。你说这些人……"

唐尔黄略为停了停，然后转身指了指门口那边："就她一个人？她丈夫呢？"

"她丈夫，她丈夫刚才到校办公室了。她一直哭，怕影响上课，保安让她在这里待着。"

"郑师傅，问一下，现在不让老师搞课外辅导班了，三中有老师还搞？"

"搞——顶风违纪。有的人只不过不像以前那么大胆，明搞，现在暗地里搞。"他说得很干脆。

唐尔黄叹息了一声，心想上级早有这方面的文件，三令五申不让办课外辅导班，教育系统的大会小会也一直强调，可有的人为了钱，对之置若罔闻。他想过去问问那个女人相关的东西，可觉得这时候又有点不合适。

那个女人不厌其烦地重复着那个动作，手一伸一伸的，仿佛想打捞点什么，嘴里叨叨着："女儿呀，孩儿呀，咋想不开呀！你是被他们逼得呀！"这声音一遍遍地播放着，像小商贩摊位上的小喇叭滚动播出。

郑二蛋说："这事呀，搁谁头上谁也受不了。"

唐尔黄对郑二蛋说："谢谢你，郑师傅。我想进里面看看，就在那儿？"他指了指教学楼东边的一侧。

"对。就在那儿。"郑二蛋回答。

唐尔黄走到校门口，掏出记者证递给一个保安看。

那个保安翻看了记者证还给唐尔黄，一本正经地问："找谁呀？"

"找校长。"

"噢。请来登记一下。"那个保安很客气地引着唐尔黄来到校门旁边的值班室，请他在登记表上填写。等了一会儿，那个保安说："冯校长办公室在二层楼东边。"

"噢。谢谢！"唐尔黄从值班室出来后径直来到了教学楼东面的楼下。来到这里后，他看到这里有一块地面不同于别的地面，水泥铺就的地面上有一层薄薄的残冰，这可能是昨晚用水冲洗、拖把拖过地面留下的痕迹。他抬头往楼顶上看着，想象着那名女学生站在楼顶上的情景，西北风呼呼地吹着，在这呼呼的吼叫声中透着冷彻心底的寒意，比这更寒冷的也许是有的人时不时向她飘过来的白眼与冷嘲热讽。五十多米的高度……僵硬的地面……一条充满悲壮与绝望的弧线……足以掠夺一个脆弱的生命。

唐尔黄来到二层楼东边，找到校长办公室。敲门进去后，见办公室有几个人正说着事情。唐尔黄对冯校长说明了来意。

冯校长热情地安排教导处主任先让唐记者到别的办公室坐坐，等一会儿。

唐尔黄说："冯校长，我就在这里坐坐吧。"

冯校长笑了笑，说："这里乱得……你看吧。"

"没啥。你们谈你们的，我也顺便了解一下。"

"哦，由你吧。"冯校长无奈地说。

教导处主任在茶几下面拿出茶杯给唐尔黄倒了杯茶水，然后做了一个请的手势。

唐尔黄用右手的食指和中指轻轻地敲了几下茶几，表示感谢。唐尔黄想抽支烟，可想了想这里是学校，就断了这个念头。这时，他的手机响了，他看了一下是赵和玉打来的，就拿起手机赶紧出了办公室。

赵和玉在手机里着急地说："在哪里？快点过来，杀你一盘。"

唐尔黄说："我在外面采访。"

"有啥事比下棋重要？"

"现在不行。以后有空，我再联系老兄。不怕，你把钱准备好即可！"

"哼！小子，今天就饶了你。喔哈哈哈。"

"就这啊，真的有事。改日收拾你。"

这时，校长办公室传出了吵架的声音。

唐尔黄回到办公室后，见一个四十多岁的男子从沙发上站起身来，大声说："我孩子死了，你们还说这话，这是人话？她谈恋爱？和谁谈的？我的孩子我知道。"

冯校长笑着说："冀师傅，坐下，坐下慢慢说，别激动。坐！"

"我能不激动？这事放在你身上你试试？"冀师傅的胸脯一起一伏的。

唐尔黄看了看这个冀师傅，他的衣服上头发上，还有破旧的皮鞋上都有稀稀落落的白点子。

这时，冯校长坐回高背椅子里，面部表情十分严肃："冀师傅，学校发生了这样的事情，谁也不愿意看到的。你反映的问题，我们一定认真对待。我早就在学校大会上强调过，凡是在三中代课的老师，两条路选择，一条，想在学校上班，就不能开课外辅导班。一条，想开辅导班的，辞职！如果暗地里开，一旦发现，立即开除。这我讲了几次。这次，我们一是妥善地处理这事情，二是认真严肃地调查处理，如果发现哪个老师暗地里开设辅导班，捞外快，绝不客气，该开除的一定开除！冀师傅，你看怎么样？"

冀师傅低着头，没有马上表态。他坐在沙发上，心却一直揪着。女儿每天晚上回家后总是先干家务活，再自习课本。那么懂事，从来不想给大人们添麻烦。有一段时间，女儿情绪有些低落。他察觉后，问怎么回事。女儿说，有的老师在家里办辅导班，旁敲侧击地让学生们到辅导班补习，课堂上有些课讲不过来。可这得花钱啊！女儿知道，父母两人在街上揽活，给人家刮墙，没明没夜的，也挣不下多少钱。本来供养她上高中就很吃力啦，若上辅导班，就得再掏一笔钱。父母亲省吃俭用，恨不得把一分钱掰成几瓣花，女儿不忍心给父母增加负担，她得靠自习，把老师在课堂上没讲完的课补起来，弄通弄懂。一天晚上，他发现女儿的眼眶红红的，问她怎么啦。女儿的嘴角抽缩着不说话。她妈妈过来也问是怎么回事。女儿的泪水在眼眶里打转，她强忍着没有哭，说今天一个老师又在课堂上提问她问题，她没有答出来。老师剜了她一眼，转身对全班同学嘲笑着说："嗯，看看人家冀宏霞，这学习态度，夜壶挂在树上，高哇！咱们班考试及格率，哼哼……"妈妈听了女儿这话后，抱着女儿的肩膀哭了起来："女儿呀，都怨你爸你妈没本事呀，让你……"女儿也哭泣着。这样的情景对一个当父亲、当丈夫的来说，他的五脏六腑好像被什么东西揉搓着。他出了出租屋，在门口那儿蹲下，点了一支烟，就着泪水独自品尝，屈辱、无助、无奈……男儿有泪不轻弹，不轻弹能咋？只能往肚里咽。只要有点空，女儿就在饭桌上看课本、做作业。时间不早了，大人们催她睡觉，她才往书包里收拾东西。这样的孩子，从来没看出她为啥事情走神，怎么谈恋爱？他等了一会儿，抬起头来对冯校长说："我……我有个想法，就是希望学校查查，谁说孩子是谈恋爱不成，就想不开……这……这……这还算人？"说这话时，他脖子上的青筋暴了起来。

冯校长心里清楚，这时候答话总没啥好果子吃。他站起身来，拿起暖水瓶从办公桌那儿走过来，给冀师傅前面的茶杯里续水。

教导处主任急忙过来，想从校长手里接过暖水瓶。

冯校长摇摇头。他过来给冀师傅的茶杯里续上水，又给唐尔黄的茶杯里续上水，笑容可掬地对唐尔黄说："唐记者，你看这忙得……你再等会儿啊！"

唐尔黄点点头："没事，没事！"

冯校长转身回到办公桌前，从抽屉里拿出一盒烟拆开，拿出一支烟走过来对唐尔黄说："我规定的，在我们这儿不能抽烟，嘿嘿，学校里别人也不抽，我回家抽。现在，托你和冀师傅的福，破个例！"说着又给冀师傅敬了一支，然后把那盒烟放在唐尔黄的桌前。

这次，冯校长没有坐他的高背椅子，而是挨着冀师傅坐在一块儿。他语气暖暖地说："冀师傅，这事情我们肯定会高度重视，我们好好研究一下，尽量给你个满意的答复。"

0°与360°，虽然在同一个位置，但360°比0°多了整整一圈。

冀师傅看了看冯校长，说："校长，你说，满意的答复就是有了，可我的女儿没啦……"说完这话，他仰起了脖子。

沉郁的气氛让这个办公室几乎盛不下了，在场的人面面相觑，无语，尴尬，沉默……几个人的目光散乱地落在不同的地方。

冀师傅强忍着，一动不动地坐在沙发上，和眼眶里的泪水打持久战。

冯校长的话语打破了难堪的沉默："冀师傅，你看这样行不行？事情已经出了，作为一个校长，我有不可推卸的责任。我们把你的想法、要求向教育局领导如实反映，尽快拿出一个处理方案，来解决这个问题。"

冀师傅没有吭气。

"这样吧，明天下午3点，你还到这样来，咱们再说，好不好？"冯校长又加了一个码。

冀师傅抬头看了看冯校长，说："校长，我出门在外，想打打工挣个钱，养家糊口，没想到连女儿的命也丢了。我——"说着，他的泪水终于突破眼眶的束缚，爬在他的脸庞上。隔了一会儿，他伸手抹了一把泪水，然后两只手一摊："校长，你们得给我个交代，给我个交代！你们说，假如你们的孩子出了这样的事，你们难过不难过？你们怎么对待这事情？我的女儿哇……"他大声地哭了。

这哭声，像锤子一样敲击着在场人的心。

办公室里又是一片沉默。沉默，是减少摩擦的缓冲器，也是此刻明智而无奈的选择。

过了一会儿，冯校长轻轻地拍了拍冀师傅的肩膀："冀师傅，你刚才说的，我们都记住了，我们会考虑你的要求。"

冀师傅的脖子似乎没有半点力气来支撑他的脑袋，肝肠寸断，一声叹息："霞儿呀！"

办公室的人都站起身来，送冀师傅走到门外。

到了门外，冯校长握住冀师傅的手，缓缓地说："冀师傅，你保重！"

听冯校长这么和风细雨的话，冀师傅半信半疑。他看着冯校长，嘴唇嚅动了几下却没有说出啥，只有低沉的叹息，迈着蹒跚的步子走了。

冀师傅走了，身影在楼道口那儿消失，在大家目光无声的护送下。

回到办公室后，冯校长对副校长说："王老师，等一会儿，你和教导主任、班主任到冀师傅家看一下，带上三万元现金，再买些水果、食品。"

副校长看了看手表，说："现在财务科的人下班啦，这钱……"

冯校长说："不管什么情况，你们想办法凑齐三万元，特事特办，有关手续后面补办。这事情，不能再出啥差错啦！"说这话时，冯校长眉头皱着，脑袋摇着。"对了，去了以后多说点好听的。人家有怨声怨气就有，这也是人之常情，你们耐心听着，有啥要求先记着，回来再说。我这里还有事，唐记者坐冷板凳半天啦！"说着，歉意地对唐尔黄笑了笑。

副校长点点头："好，好！我们想办法，校长放心！"然后朝唐尔黄点点头，领着几个人出了办公室。

办公室终于安静下来。冯校长把两手使劲地搓了搓，然后对唐尔黄笑着说："唐记者，让你久等了。有能耐的不当孩子王，这话说得一点不假。摊上这事……啊呀！"

唐尔黄点了点头："我都看见了。"

"唐记者，你来是……"

"冯校长，为此事而来。"

"刚才你也看见了，谁摊上这事谁头疼啊！"冯校长说着挠了挠头，然后坐在唐尔黄一边。

"噢。冯校长你也忙，咱就长话短说。听说冀宏霞留下一封遗书，我想看看这封遗书。"

"嗯？"一听唐尔黄这样说，冯校长愣了一下，他站起身来，眼睛瞪得溜圆，"哎，唐记者，你了解到的这事情？"

唐尔黄笑了笑："有这回事吧？"

"这个——"冯校长没有直接回答，他弯腰拿起茶几上的香烟，"来，唐记者，抽烟。"说着，掏出打火机给唐尔黄点着烟，自己也点了一支，嘴里鼻子里的一口烟雾和一声长长的"唉"结伴而出。

"你们当记者的，耳朵就是灵啊！"学生冀宏霞跳楼后，听说手里还拿着一封遗书。冯校长看了一眼这封遗书，当时就嘱咐在场的人对遗书的事情要严格保密。此刻，他的脑子里打着转，谁把这事给捅出去的？到底谁呢？这事还不能问唐尔黄。再一个，这遗书给不给他看呢？

唐尔黄看着冯校长犹豫的神情，心里多多少少有点发软。不过，这封遗书可以说是打开事情真相之门最有用的钥匙。

冯校长皱着眉头："唐记者，你可为难我了。你看这样行不？遗书可以看，但有些事情还得麻烦你给保密，有些事情公开不得呀！"这时，他从沙发上站起来，在办公室一边走一边说："有的教师，真他妈的不争气！我几次呀，几次在教师会上讲，不能开辅导班，不能开辅导班……想在的，不能开；想开的，走人！但是，有的人就是吃着碗里的，看着锅里的，两边都不想误。对这样的害群之马，这次，这次我要痛下杀手，必须开除他们，绝不留情！但是，话又说回来，唐记者，如果把我这里的锅碗瓢勺一股脑儿地端出去，在一定时间内可影响我们三中的生源，影响三中的声誉啊！唐记者。你看——"他把"看"字拉得很长。

对于冯校长的苦衷，唐尔黄心里清楚，他点了点头。

冯校长慢慢地走到办公桌那儿，弯下腰拉开一个抽屉，从里面拿出那封遗书。"这个……"他自言自语着，然后把这几张纸拿过来递给唐尔黄。

唐尔黄接过冀宏霞的遗书，先翻了一下遗书，薄薄的几张稿纸，纸的一角有些干涸的血迹。在这几张皱褶的纸上，浸透着冀宏霞的泪水，记录着她心灵的轨迹。

用我的生命抗争！

三中的老师、同学们：你们好！

我就要走啦！

我想到一个没有歧视，没有白眼，没有冷言冷语的世界去。这个念头是经过很长时间的酝酿产生的。作为一名学生、一名同学，在诀别之时，有几句积压在心头的话想对大家说说，要不，我觉得憋屈。

　　我知道，一个人的生命是宝贵而短暂的，大家都应该好好珍惜，但是，今天我想用我的生命抗争！向那些龌龊的灵魂抗争！向那些被金钱扭曲了心灵的个别人抗争！说实话，我家里穷，父母亲带着我背井离乡来到鱼城打工。他们起早搭黑，给人们刮墙。我们在一条小胡同里租了一间房，家里只有一张小饭桌，吃饭的时候是饭桌，不吃饭时就是我的书桌。我们家里，有两件事会让全家人高兴：父亲在大街上揽下刮墙的活后，我们高兴；考试后，我把成绩单拿回家时，父母亲看了成绩单后眉开眼笑。

　　有一天晚上，父母亲拖着疲惫的身躯回家后，见我在那个小饭桌旁完成作业。父亲对我说："孩子，等爸爸妈妈挣了钱，就给你买个桌子，你就不用窝着身子在上面写作业啦！"我说："不用买了，家小，买了也放不下，就这吧。"父亲说："以后咱买个大点的家，能放下！"母亲站在一旁看着，没有说别的话，只是轻轻地叹了一口气。

　　不说这些了，我想说的是，在课堂上，有的老师常常是讲到关键的地方不是有事出去，就是下课的铃声响了。老师转弯抹角地说这说那。我想同学们都能明白老师话里的意思。我的母亲一年穿着那件有许多白点点的外套，有闲空时洗洗晾干再穿，一出去刮墙就又有了白点点……父亲喜欢抽烟，抽的都是那种廉价烟。他们这样做，就是想省点钱供我上学。我不能再给家里添什么额外的负担。我想，只要努力，通过自习，自己也能把一些落下的功课补起来，这样就能给家里减少点负担。可是，个别老师的那些白眼时不时地朝我飞来，像刀子一样闪着寒光。那些冷嘲热讽，时不时地灌入我的耳朵里。为这，我开始失眠，在被窝里偷偷地哭泣，不想影响爸爸妈妈的休息，因为他们白天刮墙时在梯子上爬上爬下的，太累啦！一次，爸爸在梯子上不小心摔下来，在家才休息了一个多月，就又硬撑着身体到街上揽活。街上揽活的同行很多，马路边，上面写着"刮墙"的牌子摆着很多，能揽下活也不是件容易的事。我希望家里有钱，有钱多好啊，也能上课外辅导班去，不用再听那些锥心刺骨的话，不用再看那冷冰冰的脸！可是……

　　在这里，我想问问：老师，你们一门心思为了自己挣钱，什么都不顾了？我的父母亲拿刀子给人家刮墙，你们是拿刀子刮一些同学的心呀！你们只管钱，莫非就不管管学生的尊严？不可怜可怜学生心灵的煎熬？多少次对学生的刁难，课堂上专门对不上辅导班的学生提些刁钻的问题，给人难堪……这样做，都是为了钱！心，如果廉价地卖给金钱，成为金钱的奴仆，那么，你什么事都可能干得出来。

　　我走了，不想再多说什么了。

　　亲爱的爸爸妈妈，原谅女儿的不孝。真的，你们对我的爱，我会铭记于心，下辈子我还想做你们的女儿！只是现在，我不想再给你们增加什么负担了。几次，想开口和你们说辅导班的事情，可每当看见你们拖着疲惫的身躯回家的样子，我把这些话又咽了回去。我只有把这些苦闷、憋屈交付给被窝里的哭泣……

爸爸妈妈，我走了，你们不要为女儿太过悲伤。女儿一心希望爸爸妈妈能早点过上好日子，我在九泉之下也会欣慰的。

再见了，爸爸妈妈。

再见了，老师同学。

高二班　冀宏霞

看了冀宏霞的遗书后，唐尔黄一阵沉默，心里五味杂陈。有的老师本来为人师表，可为了捞外快，就把一些学生赶羊似的往自己的辅导班里赶，不择手段，小块地里打冲锋，集体田里养精神，成啥啦？良心，难道就这么脆弱，怎么一遇到金钱的撩拨，往往不由自主？沉思良久，他把这封遗书在手里又掂量了一下，仅仅两三页的稿子，感觉它沉甸甸的。

看见唐尔黄坐在沙发上沉默不语，冯校长起身拿起暖水瓶给他的茶杯里又续上水，做了一个请的手势。

唐尔黄点点头，表示感谢。

冯校长放下暖水瓶后转过身来，套着近乎说："唐记者，你们搞新闻工作的就是辛苦呀，每天采访了写，写了再采访。以前，我的理想也是当个记者，阴差阳错，当了孩子王，造化作弄人呐。"

"是吗？当校长不是挺好的吗？"

"好啥好？你看这麻烦事一件接着一件。原先教师的地位低，工资发不了，发愁；现在，工资不发愁了，却发愁别的事，你看他们惹得这麻烦……愁啊！"说着冯校长又走过来坐在唐尔黄的身旁，拿起烟来给唐尔黄敬烟。

唐尔黄接过烟来，从兜里掏打火机。

冯校长快速拿出自己的打火机："来来来……"先给唐尔黄点着烟。他抽了一口烟后问道："唐记者，一天得抽多少烟？"

"一盒吧，有时候不够。"

"噢，噢。咱们这抽烟人，也知道抽烟对身体不好，可偏偏还抽，明明白白犯糊涂呐。"

"是的。"

"哎——唐记者，我想起来了，咱们以前好像在哪里见过。"

"是吗？"

冯校长用手抓了一下自己的头发，做出努力的样子回忆着。"噢，想起来了，在……在一次讨论民办教师的会议上。当时，你还写了一篇文章。那篇文章我专门找来拜读了一下，写得棒！"说着冯校长对唐尔黄竖起大拇指。

唐尔黄心里乐滋滋的，说："没啥，一般。"

"你们记者呐，特别是像你这样的记者，为人民鼓与呼，好样的。现在，只是你这样的记者现在不多了。我有个亲戚，以前在村里开煤矿，有的情况我了解。煤矿上一有个事情，记者们就去了。有的记者打着为民请命的旗号，也是想捞些油水。哪里像你？"

以前的记者受人尊重，是个好职业。

近年来，一些记者，特别是一些边缘记者（似是而非）热衷于矿上有点事，然后讨要点"封口费"。有一次，岚州市一座金矿出了事故，伤亡了十几个工人。矿上想摁住这事情，就给前来采访的记者发"路途补助费"（封口费），按不同级别给他们相应的待遇，有的是金佛，有的一万元，有的五千元……事情败露后，有关部门一下子处理了三十多名记者。

那年年底，凤城职工报开会，各地驻站记者都回单位开会。唐尔黄看了看，岚州站站长没有到会。过了一会儿，庄站长进了会议室，说路上堵了一会儿车。

其他记者站的站长说还以为你被处理了。五十多岁的庄站长笑着说："……我看见现场乱哄哄的，人家倒是给我啦，我没拿。"

"姜，还是老的辣。好。"田社长说。

此时，唐尔黄明白，冯校长这是给自己戴高帽。他笑了笑，问道："冯校长，冀宏霞的事情你们准备咋处理？"

"这个嘛，我们已经给教育局、分管市长先汇报了情况，看看他们的指示精神再说。不过，我想，说什么也不能亏待人家，这事情毕竟是在我们校园发生的。痛定思痛，得抓铁有痕，得壮士断腕，查明情况后，该处理的处理，该开除的开除，绝不客气！不下点狠心，刹不住这种歪风！"冯校长信誓旦旦地表态。

"冯校长，这事情先等你们处理。等有了处理结果，劳驾校长通知我一下！"

"没问题，唐记者。"冯校长见唐尔黄站起身来，也急着站起来，握住唐尔黄的手摇了几下，"唐记者，还是那句话，有些事情说是说，还恳求唐记者笔下留情，多多体谅我的苦衷哇！"

"冯校长，有些事情不能藏着掖着，不该写的我不会写，该写的我要写。因为这是我的职责。"

冯校长点点头："是的，是的。我们会尽快、妥善地处理这事情。你等等……"冯校长紧走了几步，走到文件柜那里，拿出一个礼品盒走过来，"唐记者，一点小意思，请收下！"

唐尔黄急忙摆摆手："冯校长，不行，不行！"

"哎——唐记者，我发现你抽烟多，以后多喝茶少抽烟，咱们都注意点。"

"谢谢校长的好意提醒，但不能收。"

"哎，不就是点茶叶？来，带上。"

唐尔黄还是摆摆手："不行。请咱们互相理解！"

冯校长看了看手中的礼品盒，嘟嘟囔囔地说："唐记者，你看这……你看这……"

"冯校长，我会体谅你的难处，但这东西无论如何不能接受。过几天，我再来了解一下情况。"

"噢。欢迎，欢迎。咱们就算认识啦，唐记者，以后多来咱学校指导工作。"

"噢，好的。不敢指导。"

第十五章　小棋手比赛

过年的气氛越来越浓啦。大街两旁，买年货的买对联的人们熙熙攘攘。

从站里回家的路上，唐尔黄想自己也买条好烟吧，过年来个客人也好招呼，他进了一家超市拿起条软盒中华烟，结账后从超市走出来遇见了马明高。

马明高见唐尔黄拿着条烟从超市出来，有点发愣，惊讶地问："唐站长，你还买烟？"

"买条烟过年用。"唐尔黄晃了一下手里的烟。

"当记者还用买烟？无冕之王吃香喝辣的。"马明高多少有点不相信。

"呵呵，事在人为呐，说实话，有时也拿别人给的烟，但我有个原则，写批评报道的时候绝对不拿别人给的东西。"

"为啥？"

"少惹些麻烦，心里踏实点。"

马明高点点头："人啊，不管有多风光，心里踏实点，能睡个安稳觉，才是最风光的事。"

对此，唐尔黄赞许着："是啊，你看一些贪官进了里面，一夜就把头发给白了，这不是自己折磨自己？"

"是呀。老唐，咱们这么多年打交道，我觉得你不会耍心眼，你的优点是实在，缺点呢，也是太实在。"

唐尔黄笑了笑："噢，可能是这样。不管咋样吧，人，还是实在一点好，虽然有时候会吃点亏，无所谓。"

马明高手里提着不少年货，大包小包的。

唐尔黄说："买了这么多东西，过个好年。"

"对。刚毕业那阵子，裤腰带勒得……这几年办围棋培训班好歹缓过点劲来。"

"学以致用。别人靠山吃山，你是靠棋吃棋。"

"呵呵，就这样将就着过吧。哎，唐站长，哪天我和武教练请你吃饭。"

"为啥？"

"这次办小棋手围棋比赛，你出力不小，我们想感谢感谢你！"

"噢——这事情呀，没啥。吃饭就不用啦，你们办好比赛就行啦。"

"唐站长，两码事。这次比赛如果没你的帮忙，肯定不怎么顺利。我们请顿饭应该的。你定个时间，咱们就……"

"行，这段时间不太忙，你们定吧。对了，叫上赵和玉。"

马明高看着唐尔黄笑了笑："忘不了，你想收拾他？"

唐尔黄说："唉，收拾啥？主要是棋逢对手，才有兴趣，另一个就是想放松放松。工作中许多事比较烦心，通过下棋调节一下。人呀，不能一直太高尚，有时候该庸俗就庸俗点。一些场合，说话办事得戴着面具，活得自己也不是自己啦。只有下棋时才能卸妆，才会轻松点。"

马明高说："是啊。我因为爱好围棋，失去了许多东西。现在来看，我的同学中，经商的有的腰缠万贯；从政的有好多是处级、厅级的；从教的都是教授副教授。比比他们，再看看自家，感慨万千呀！不过，再比比一些病故的同学，还有个别同学，唉，进了监狱，我又算幸运的。这么多年下围棋，给我最大的启发是，懂得了取舍，懂得了如何正确面对失败，面对挫折。比如下棋输了，就是这盘棋的失败，但不能在心里留下失败的阴影，而是从头再来，全力以赴，准备下好下一盘棋。"

"马教练，你刚才说的就是围棋的真谛吧？"

马明高笑了笑说："哪里哪里，算不上真谛，算点儿感悟吧！"

正月初四，天空中飘着雪花。

在丹朱棋馆，鱼城小棋手围棋比赛拉开序幕。

鱼城围棋界的头头脑脑都来了，在开幕式上，鱼城围棋协会主席赵大雷说："广大围棋爱好者，大家上午好。今天是正月初四。窗外雪花飞舞，天气很冷。室内热气腾腾，喜气洋洋。近年来，在鱼城有关部门的关怀下，在鱼城老一辈棋手的培育下，鱼城的小棋手进步很快。现在，我们鱼城小棋手在全省的升段比赛中，有六名小棋手升为业余五段，有十三名升为业余四段，还有七十二名小棋手升为业余三段，可喜可贺！"

台上台下，响起了一片掌声。

"……这些成绩的取得，是大家共同努力的结果，是小棋手们奋力拼搏的结果，是鱼城马教练、武教练等一批教练心血的结晶。此外，唐站长对这次比赛的举办贡献很大。"说到这里，他扭头看了看主席台，见唐尔黄那儿的位置空着，就问："唐站长没来？"

台下的武教练回答："唐站长刚才打了个电话，说有点事，一会儿就过来。"

"噢。今天，我们还荣幸地邀请到凤城著名棋手、凤城著名教练江赏作为这次比赛的裁判长。我谨代表鱼城围棋协会对他们的支持、帮助表示衷心的感谢！"

掌声再一次响起。

此时，唐尔黄正在冀师傅家里进行采访。

冀师傅租赁的家在一条小胡同里，简陋的房屋，狭窄的空间。家里除了桌子上有个电视机外再没啥家用电器。里间是卧室，外间摆着一张床。门口那儿是灶台，灶台旁边的一块纸背上放着一袋米、一袋面。权当餐厅的地方放着一个小饭桌。四面的墙壁上，漏雨干涸的痕迹依稀可辨。

站在这个小屋里，唐尔黄暗暗地叹息一声，冀师傅夫妻二人每天忙忙碌碌，东奔西忙，给人们的新居刮墙，对他租住的房屋不知是顾不上，还是没心情收拾一下。

冀师傅原准备回老家过年，出了事情后，他就在鱼城等待处理结果，再一个，过年的心情也被女儿的离去搅得荡然无存。

冀宏霞跳楼溅起的波澜，在鱼城三中老师学生心中荡了几圈后渐渐复原，许多学生家长都保持了沉默。

在冀宏霞死亡之前，还有一名学生家长因为辅导班的事情和一名教师闹了别扭。

这个老师对这个学生家长说我教不了你孩子，你孩子想去哪儿去哪儿。

没办法，这个学生家长和学校商量，想转个班，让孩子继续上学。

没想到，三中哪个班的班主任也不想收留这个学生。一个个找冯校长诉苦，人家不收留，我收留？我若收留，和另一位老师的关系怎么处？

无奈，这个学生家长只得把孩子转到别的学校。

冀师傅说这是女儿前一段告诉他们的。

听了这些情况后，唐尔黄问道："冀师傅，知不知道这个转学的学生叫啥？"

冀师傅想了想说："这个人好像姓郑，名字想不起来了。"他接着愤愤不平地说："老唐呃，你说他们坏不坏？因为上辅导班，我女儿被逼得跳楼。为了推卸责任，又说我女儿失恋了，想不开才跳的楼。你看看，人都死了，还往她身上泼污水。这些王八羔子，良心让狗叼走了嘛！"

唐尔黄问道："冀师傅，谁说的这话？"

"不知道，我只是听说，我问他有什么证据。那人吞吞吐吐的，他说他可能听错啦。"

"学校派人来过家里吗？"

"来过两次。一次过来给送了三万元，还有点水果，说了些安慰的话。过年前又来了一次，放了一袋大米，一袋面，还有一千元。"

"噢。"

冀师傅的妻子在里屋床上躺着。女儿出事后，她就病恹恹地躺在床上。脑海里扑过来荡回去的都是女儿的音容笑貌。她责怪着自己，为啥就没注意到女儿出事前一些异常现象呢？一次吃饭时，女儿曾说过老师让她上辅导班的事情。她和丈夫听了后，没有说什么。女儿说她平时多用功就把课补起来啦，给家里能省点就省点。平时，她只想着出去给丈夫当帮手，多挣些钱。丈夫那次闪了一下，从梯子上跌下来后，她就怕丈夫以后刮墙时再有个什么闪失，一块去帮着搬梯子，刮墙。顾了那边却没顾了这边。女儿学习上的事她也帮不上什么忙，但女儿心情上的变化自己却忽略啦，罪过呀！想着这些，泪水就又流出来。

丹朱棋馆。

孩子家长等退出场外，小棋手围棋比赛开始。赛场里静悄悄的，围棋的落子声此起彼伏。

唐尔黄采访完毕后来到丹朱棋馆。赛场外，一些中年人有的站着，有的坐着看手机或聊天。他悄悄推开棋馆的门进来，想看看比赛。裁判长江赏走过来，客气地请他出去。

正在唐尔黄不知所措的时候，武教练过来轻轻地说："江裁判长，这位是唐记者，准备将咱们这次比赛报道一下。"

江赏看了看唐尔黄，说："噢。可以，但不要说话。"

唐尔黄点点头。他看了一下赛场，数了数，有四十二张桌子，八十四名小棋手参加比赛。

围棋，魅力四射，需要棋手们坐得住，锤炼其坚忍不拔的耐性；围棋，变幻莫测，需要棋手们想得开，开启智慧的天门；围棋，非胜即负，需要棋手们拿得起、放得下，在拼搏中锻造一种可贵的担当意识。

在赛场里转悠了一个多小时，唐尔黄发现一些小棋手进步很快，估计自己的棋力很难与其中的一些小棋手抗衡。他这样想着，手不由地去兜里掏烟，刚掏出来，马明高急忙给他使眼色，然后朝门外努了努嘴。

唐尔黄会意地笑了笑，冲着马明高、武教练把脖子朝门外扭了几下。

他们三人来到楼道里抽烟。

唐尔黄问："这次比赛，从凤城请来的裁判长？"

武教练点点头："嗯，主要是为了比赛公正点，减少人们的说道。我当裁判长，怕我有偏心，偏着我的学生。马教练也这样。干脆，从凤城请了一个。"

"噢，这样也好，省得麻烦。"

"明天比赛结束时，你俩的表演赛肯定精彩。"唐尔黄说。

马明高说："明天我得好好下。最近和武教练下了几盘，发现不像以前好对付了。"

"当着你们学生的面，谁输了也有点那个……"唐尔黄笑着说。

"没啥，为了孩子们，发挥出我们的最佳水平就行了。"武教练说。

第二天下午四点多，小棋手的比赛圆满结束。

表演赛时，组委会成员商量后，允许小棋手家长进来观看。

马教练和武教练在一间小教室下棋。章晟教练在赛场里挂盘讲解。

在对弈过程中，马明高和武教练两人下得格外谨慎。

章晟教练对两名老师的下棋风格、套路对小棋手们进行了分析讲解，在关键的地方，还问小棋手们下一手在哪个点落子比较合适。

表演赛进入了白热化，两人开始打劫。章晟教练说："大家也看到了，围棋就是这样，变幻无穷。你在这里补一手，可能在别的地方就落个后手；不补，就留下后患。这次表演赛的成败，就取决于谁的劫材多少。"这盘棋，执白的武教练由于劫材少了一个，最后败北。

表演赛结束后，马明高、武教练来到赛场同小棋手们见面。章晟教练说："对两位老师的精彩比赛，我们鼓掌表示感谢！"

全场再一次响起热烈的掌声。

章晟教练说："在这里，我告诉大家一个消息，今天是正月初五。后天，也就是正月初七，我国棋手张翼飞和韩国棋手进行 JL 围棋比赛，争夺世界冠军，央视进行直播。希望大家抽时间观看。"

"哗——"掌声响起。在场的大部分人知道，张翼飞曾是章晟教练的得意门生。

小棋手颁奖仪式上，赵大雷说："这次鱼城小棋手围棋比赛，在大家的共同努力下，经过两天的激烈比赛，即将落下帷幕。现在请裁判长宣布比赛成绩。"

江赏裁判长上台宣读了获得前八名的小棋手名单。

赵大雷说："……对获奖小棋手表示祝贺！现在我说一下，根据唐尔黄站长的提议，这次颁奖呀，我们稍微改一改过去的做法，过去一般由围棋协会的领导来颁奖，这次呢，就由获奖小棋手的家长给获奖小棋手来颁奖。"

这时，在主席台上就座的陈亚军点了点头，插了句话："哎，这个提议确实不错。获奖小棋手的家长，你们准备准备，等一会儿上台颁奖啊！"

会场上发出一阵善意的笑声。

高绍棠把一张卡放在茶几上，笑嘻嘻地对魏部长说："魏部长啊，到了教育局那边，事情也不少，早就想过来看看部长，一直忙，事情缠身缠得。今天有点空，说啥也得过来看望一下老领导。"

魏部长说："绍棠，客气啥？你看你，打个电话互相问候一下就可以了，还跑过来。"

前一段，由于三中出了学生冀宏霞跳楼的事情，影响很大，就把冯局长免了，由高绍棠接任。对于这一点，高绍棠对魏部长十分感激。他把身子往前挪了挪，屁股尖搁在沙发上，脸上堆着笑："哈哈，哪能呢？咱不能批发微信。"

"家里都好吧？"魏部长把两手伸开放在沙发的顶端，一副很随意的样子。

"都好，都好。"说了一些过年的客气话后，高绍棠说："部长，过年前三中出了点事，冯校长给我汇报过，他们基本处理了。听说，唐尔黄也到学校采访了这事。这个唐尔黄呃，什么事都掺和着个他。"

"嘿嘿嘿，记者嘛……"

"听说，唐尔黄想报道个别老师办辅导班的事情。个别老师办辅导班，这确实不对，但是这事情若报道出来，影响可就大了。"

"嘿嘿。"魏部长冷笑着。"最近，这个唐尔黄有啥信息？"

"我侧面了解到市里举办什么围棋比赛，听说他给拉了个赞助。"

"拉赞助？多少钱？"魏部长问。

"也就两三万吧。"

"两三万？好。现在上面可是有规定，不让拉赞助，不能给企业增加负担。你看看，有的人就是敢顶着风。你了解一下，哪个企业拉的赞助？"

高绍棠笑了笑，说："魏部长，我有个亲戚喜欢围棋，听说是造纸厂那个李德孝给闹得。"

"你看看，你看看，这不是权钱交易？无利不起早嘛，嘿嘿嘿！"魏部长得意地笑着。

"哈哈哈……"高绍棠见魏部长笑了，急忙咧开腮帮子陪个笑。

高绍棠走了后，魏部长想了想，过年啦，该给凤城职工报的老总拜个年，问个好，他俩在省委党校时同住一个宿舍。他拿起手机找到号码就拨过去。"老总啊，过年好！"

"啊呀，是老同学呀，都好，都好，部长你好哇！好长时间不见了，哈哈！"

"老总啊，你的报纸办得越来越好呀，我抽空就看看。"说了这句言不由衷的话，魏部长自己心里也感到好笑，他基本没时间看老同学办得这张报。不过，生活中的许多部分得靠一些假话、套话来装潢门面。

"好不好，我知道。戴着脚镣跳舞吧，哈哈！"

"……老总，我顺便说一句，你们报社那个唐尔黄唐站长在鱼城干得不错，能把鱼城的一些新闻及时地报道出来，对我们的工作有很大的支持、帮助，强将手下无弱兵呃！"魏部长说了几句好听的。

"哎——魏部长，唐尔黄是不是给惹事啦？"籍总编小心翼翼地问道。

"没有。只是……只是听说唐尔黄给一次比赛拉什么赞助，这——稍微有点不太好的影响，有人把这事情反映到市里……现在这形势，上面不是不让拉赞助啦，不能给企业增加负担呀！"

"是吗？这个唐尔黄一点政治敏感也没有，什么时候啦，还拉赞助。"

"嘿嘿，过年啦，咱不说这些烦心事。老总，现在当没当姥爷？"

"哈哈，当啦。"

"你看你，闺女办事，怎么也不告我一声？"

"部长呀，你日理万机。闺女办事时我通知的人不多，就小范围请了几桌。咱也不是二维码，谁见了都想掏手机照一照。"

"哈哈哈，老总幽默。以后有机会到凤城去拜访你，把礼补上。"魏部长说。

"不用啦，事情都过去啦。"

"噢，对啦。现在就行嘛，有微信就是方便嘛，说什么也得补个礼。老总等一下啊！"说着，魏部长把手机先挂了，在微信群中翻看着，找到了老总的昵称"绝顶青松"，心里想着，籍老总就是文化人，起的昵称文化气息也挺浓。老总那脑袋，宽阔的额头，明亮的脑门，里面全是知识啊！他在资金空格里打上"1000"，

在留言处写上：祝泰山不老松新年快乐！输上密码按了一下，过去啦。隔了几秒钟，他的手机响了起来。

"部长，你见外了。怎么？"

"老总，给闺女的彩礼，得补上。现在忘性不小，年龄大啦，想起来的事情必须马上办，要么一过，忘啦。嘿嘿嘿！"

"部长，你这人……那就恭敬不如从命，谢谢了！"

"没啥，没啥。老总过年好，全家都好，代问老嫂子好！"

"好，好，谢谢你！"籍总编乐呵呵地说。

一个电话，把事情办了。魏冬明心想，唐尔黄够你小子喝一壶的。嘿嘿！

第十六章　首尔夺冠

正月初七上午八点半，韩国首尔希尔德大酒店。

JL杯云集了世界围棋的顶尖高手，这项赛事在圈内被称为"神仙打架"，离着几十步都能觉得掌风剑气，咄咄逼人。

张翼飞坐在桌前，眼前的棋盘仿佛是大战前夕的沙场。他长长地呼吸了一口气，微微闭目，让身心得以短暂的休息。一路走来，多少江湖豪杰止步于"JL杯"门前，石越、唐文新、胡听雨等一些世界冠军折戟沉沙。如今，坐在对面的是韩国第一高手朴庭恒。

此时，朴庭恒端坐在沙发上，右手轻轻摇扇，微风徐徐。在前两局中，双方打成平手，如今这一局的胜负生死攸关。说实话，在"JL"杯上，能坐在这张围棋桌前的绝不是什么等闲之辈。

这时，裁判长宣布比赛正式开始。

鱼城，丹朱围棋馆。

让人想不到的是白老板和赵大雷相跟着也来到棋馆观看比赛，大家相互握手、递烟、拜年。完成了这些程序之后，静静地坐在电视机前观看"JL杯"围棋决赛直播。

张翼飞执黑先行，他以星小目开局，朴庭恒以二连星应对。棋至中盘，双方有惊无险，暂时难以判断孰优孰劣。戏剧的高峰出现在收官阶段。朴庭恒在左面二路小尖。这是朴庭恒有名的收官手法，以侵消对方的实空。

张翼飞陷入长考，要么挡住，确保自己左面的实空，要么脱先，吃掉朴庭恒右面的三子。他的上半身往棋盘前倾着，似乎要把自己的技能倾泻出去。这是个抉择的时机。

章晟屏住呼吸，眼睛盯着屏幕，以至于武教练递过来的一支香烟他都没有察觉。张翼飞在凤城学棋时，经常利用星期天的时间，专程来鱼城和章教练请教一盘，然后复盘，肯定长处，指点不足。此时，章晟看着屏幕上的棋局，替徒弟想着这一步该咋走。

电视机前静悄悄的，没有以前棋友们聚在一起观棋的轻松，心弦都绷着。

武教练轻轻地用肩膀蹭了一下章晟的肩膀："章老师，来！"

章晟这才意识到什么。点烟的时候，他左手食指中指轻轻地点了点武教练的手背，眼睛仍没舍得离开屏幕。

经过长考后，张翼飞果断地一断，把对手右面的三个白子断开，白子靠中央的棋子浑然一体，且有先手破掉对手一只眼之利，进而威胁到白方右下角的生存。

这下，轮到朴庭恒冒虚汗啦！他的战车在十字路口迟疑。保住右下角，中央三子就危如累卵，可这三子是棋筋，保住三子，右下角就可能卖了。数数算算，不仅仅是三子，牵扯着十多个子。朴庭恒挠了挠头，他把手里的扇子收住，搁在旁边的茶几上，然后双手交叉，仰靠在沙发后背上，眉宇间的三条竖沟诠释着懊悔。过了十几秒的工夫，朴庭恒又把身子倾在棋盘前，一只手在旁边的扇子上没规则地抓挖着。后来几招，朴庭恒的右下角虽然保住了，那三个白子也保住了，但棋是你走一步，别人走一步。在江湖上出来混，欠下的迟早得还。棋盘上的另外几个白子自此成了"天涯沦落人"。

至此，章晟的嘴角翘了起来，为弟子的表现赞许地点了几下头。他一直前倾的身体仰靠在沙发上。而这和朴庭恒刚才在沙发上的仰靠有云泥之别。章晟心里清楚，这样下去，黑棋胜十目左右。

屏幕上，朴庭恒投子认输，他无奈地摇了摇头。

赢了。白老板的眼睛湿润了，他的嘴唇有点哆嗦。

看见徒弟赢了，棋友们纷纷过来与章晟、白老板握手，祝贺他们培养了一个好棋手，为鱼城棋迷争了光，为中国棋迷争了光。

章晟和白老板站起身来谢谢大伙儿。重新入座下后，激动之中，章晟拿出手机，在手机上轻点几下，一个大红包兴奋地欢跳在鱼城围棋群里。

不一会儿，红包被在场的不在场的棋友们快速抢完。

鱼城围棋群沸腾了。

白老板没有多说话，他低着头摆弄着手机，一连发了十个大红包。

棋友们在群里一个个鲤鱼跳龙门，奔红包而去。

李一刀：祝贺！这个红包含金量大。

虬髯客：好个张翼飞，为你点赞！（六个大拇指图案）

抱住亲一口：亲一口不行，抱着张翼飞来三口。

跑冒滴漏：一不小心，发个红包。五十元（图案上写着"用红包摆平的事情，咱不用说话"）。

光头强：红包一个，大吉大利。（200元红包）

不圪蹴：一个图案：一根竹竿挑着一串鞭炮，噼里啪啦的，火花四溅。

坐地炮：一个图案：多管氧气炮发射："咣咣咣……"

四忽悠：当阳桥头，一声断喝！张翼德在此！

快乐奶妈：鱼城的骄傲，凤城的自豪！

开心每一天：发个红包，释放快乐。（100元红包）

天涯海角：啧啧，红包满天飞，抢吧。

……

初七那天晚上，唐尔黄接到了一个电话。当时他和章晟、马明高、武教练、张君他们在一块儿喝酒，吃饭。

张翼飞夺得世界冠军，按照国家围棋协会的有关规定，如果不是专业九段的可直接升为九段。章晟努力了多半辈子没有实现的梦，徒弟替他实现了，当师傅的自然乐不可支。章晟找了家饭店，把鱼城围棋界的头面人物邀到一起聚聚，分享一下喜悦。一切过年祝贺的话语，还有祝贺徒弟夺得冠军的话语都交给酒杯去代劳。

酒席散后，几个人一撺掇，把唐尔黄与赵和玉下盘棋一决雌雄的欲望又撩拨起来。大家又回到了丹朱棋馆，两人刚揭开围棋盒子，赵和玉的妻子就打来电话，嘟囔了半天，赵和玉还得早点回家。

唐尔黄顺便掏出手机看了看，自己也有几个未接电话，不知什么时候，手机调到静音上，是报社李江龙打来的。刚才在饭店喝酒，他没有听见手机的响声。李江龙是报社的纪检组长，虽然是同事，相互认识，但基本没打过啥交道。纪检组长来电话，一般不是啥好事。趁着棋馆乱哄哄的时机，他拿着手机走出棋馆，在楼道里小心翼翼地给李组长回话。拨通手机后，两人都聊了几句过年好的客气话。李组长在电话里给唐尔黄拜年，然后告诉他初八上班后有点事情，得回趟报社。

"啥事啊？"他惴惴不安地问道。

"一点小事情，你回来后再说吧！"

放回手机后，就往棋馆里走，走着走着，他停下脚步，点了一支烟抽起来。心想这大过年的，一上班就到报社，啥事？往年报社的总结会也是过了正月十五后，等人们年过得差不多了才开，况且通知会议的都是办公室的人，从来不用纪检组长亲自通知呀？他在楼道里多转了几个来回，心里琢磨着啥事会让李江龙亲自给自己打电话，琢磨了半天也没有琢磨出个名堂。嘿嘿，苦恼都是自找的，不管它了，先回棋馆找别人下盘棋，赵和玉这个软柿子也走了，得找上一个难剃的头，过过棋瘾再走。

初八早上，唐尔黄匆匆忙忙地吃了点早饭，开着车从鱼城来到凤城。

到了报社院子后，他先到记者部转了转，拜年问好。

记者部绍主任问这次回来带了啥稿。

他说："没有，李组长让回来，说有点事。"

一听这话，绍主任皱了皱眉头，问："他找你，啥事呢？"

"我也不知道呀。绍主任，不会有啥事吧？"

"这个……你问我？哈哈。"绍主任笑笑。

"我也是的，问你……"唐尔黄自嘲地说："一会儿过去看看。他在吧？"

"应该在。过去看看吧。不要摊上事就好，大过年的。"

唐尔黄从记者部出来，走了一小段路，到了平房的后一排，走到李江龙办公室的门前，他举手敲敲门。

里面说了句："请进。"

进门后，见李江龙坐在办公桌前正看一份文件。

"哎呀，李组长，过年好！"唐尔黄一边说着一边和站起身来的李江龙握手。

李江龙说："老唐，过年好！你们在下面辛苦了。来，抽支烟。"说着李江龙走到茶几那儿拿起烟给他敬烟。

说了几句寒暄话，唐尔黄问道："李组长，一上班就招我回来，有啥指示？"

"哈哈，能有啥指示？指示是重量级领导的事。咱就是坐坐，顺便问你点事。"李江龙笑嘻嘻地说。

"请讲。"

"听说有人向报社领导反映，说你在鱼城给一次比赛拉过什么赞助？"

"是的。有这么回事。"唐尔黄想也没想就回答道。

"金额是多少？"

"也就两万元吧。不好闹，跑了几次才闹成。"

"什么单位，负责人叫啥？"

"原来的鱼城造纸厂，现在没单位，叫李德孝。"

"李德孝？他的手机是……"

唐尔黄翻看了一下手机，从通讯录上找到李德孝的手机号码告诉李江龙。

李江龙缓了缓口气说："老唐呀，你看这事，上级有规定，三令五申不让拉赞助，你也知道。怎么违纪呀？"

"老李，有时候在下面开展工作，遇到朋友们求帮忙的事，碍于面子，有点推不开。"

"你推不开事，就让事缠着啦！请你说说这事情的过程。"

唐尔黄知道，拉赞助的事情没什么藏着掖着的。有些事情该怎么讲就怎么讲，在内行面前不能用话蒙人，犹如一个搓澡的在老澡客身上偷懒是相当愚蠢的。他一五一十地把事情的经过都讲出来。

李江龙说："拉赞助的金额虽然不多，但性质比较严重。哎，老唐，你拿了回扣没？"

唐尔黄摇了摇头，说："没有。就两万元，比赛还不够。"

"噢！"李江龙点点头："这样吧，老唐，回去后写个事情经过，并谈一下自己的认识，写得深刻些，对谁都有个交代，你说呢？"

"好吧。想不到这点儿事还会有麻烦。"唐尔黄长长地叹了一口气。

　　一只由英国人设计、制造的"狗"横空出世。

　　世界围棋界的一批顶尖高手纷纷在"狗"的面前抓耳挠腮，无能为力，受尽胯下之辱。可以说，这只"狗"把围棋界搅得周天寒彻。

　　唐尔黄在电脑上手机上关注着这只"狗"的一举一动，他在论坛上发了一个短帖：

阿尔法狗给世界带来的信号是什么？

　　前不久，阿尔法狗战胜了韩国的李四石，挫败了中国的柯洁，又横扫中国围棋界五大精英联队，然后伸手掸掸裤脚上的尘土，漫不经心地归隐于山间林野……

　　可以这么说，阿尔法狗是人类精英人工配种、精心喂养的一种动物，它却能轻松自然地"咬死"象征人类智慧的围棋顶尖高手，无敌于天下，让世间惊得目瞪口呆。而类似于此的智能机器一旦逾越人类意志的控制，为所欲为……它最终会给人类世界带来什么样的未来？

　　很久之前，恐龙曾是统治这个世界的大帝。多少年之后，阿尔法狗或冠名啥机器猫的是否会成为地球新的主宰？

　　人类的文明起步于行走，狩猎，钻木取火……而人类的毁灭是否会终结于对文明的过度发掘？

　　这个小帖子在论坛发表后，引起了网友们的关注。有的网友表示赞同，有的表示反对。一个网名叫蒙山知府的网友说唐尔黄是"杞人忧天"。对此，唐尔黄也不愿意在论坛上再说什么。网上有种提法，我不同意你的观点，但我坚决捍卫你说话的权利。帖子发出去就是让人看的，让人说长道短。他想瞅个空赶紧把那份拉赞助的检讨写写，得交差。有些事情虽然不是想做的，还必须马上去做。

　　在电脑上把那份检讨写好之后，唐尔黄通过邮箱发给了李江龙。

　　李江龙从电脑上打印了两份，给了总编、社长各一份。

　　第二天上午，李江龙从凤城来鱼城找了一家宾馆住下，打手机把李德孝约到宾馆，调查了解两万元的事情。

　　在宾馆的住处，李江龙说明来意后，请李德孝就赞助的事情讲一讲。

　　"……事情的经过就是这样。我答应后，唐站长还问我比赛冠名的事。我说，冠啥名，现在企业由凤城来的人经营了，要说冠名，就冠个'公平'或者'公正'的名。我觉得世上公平、公正就最好。领导办事公正最好，法官判案公平最好。可唐站长想了想，笑着说那就不用冠名了。"李德孝说。

　　"请问，你和唐尔黄是怎么认识的？"

　　"以前我俩也不认识。造纸厂拍卖初期，通过一个人介绍才认识的。我觉得唐站长这人不错，有正义感。冲这一点，我应该给他一点儿帮助。他也是为了搞围棋比赛，为了孩子们！"

　　"噢，原来这么回事。好的，谢谢你，李师傅！"李江龙嘱咐着："我这次来鱼城，就是想了解一下赞助的事。这事情，你也不用跟别人讲啥。"

　　"噢。"李德孝点点头。

　　舌头，往往会不由自主地去舔那颗松动的牙齿。

第十七章　寄情于山水

鱼城，今年的雪来得特别勤快，前一场雪还未融化，后一场雪就接踵而至。

白茫茫、胖乎乎的建筑物上，佩戴着一盏盏大红的灯笼。马路两边的树干上　悬挂着的五彩串串灯明明灭灭，此起彼伏……让元宵节充满喜庆的景象。

正月十六下午，唐尔黄正在丹朱棋馆下棋时，李江龙打来电话。他从棋馆走到楼道里静静地听着。

"……老唐，通知你一下，报社党组经过研究决定，赞助事情的处理结果是，给你记大过一次。老唐，这事情你也想开点，要吸取教训，总编社长也挺关心你的。你也知道，现在拉赞助，说来说去毕竟是顶风违纪呀！"李江龙说。

"嗯？我知道了。祝李组长元宵节快乐，请代问总编社长好！"

唐尔黄心情平静地说。

"没问题，我一定转达你的意思。再见！"

"再见！"

晚上，鱼城的棋友们聚在一起，在一家饭店吃了顿便饭，喝了两瓶二锅头酒。

吃饭后，唐尔黄踏着厚厚的积雪，小心翼翼地回到家里。进门后，他想把记大过的事情给妻子说说，可话到嘴边却改成："给我倒杯水，今晚上多喝了点酒。"

妻子给他倒了多半杯白开水。

唐尔黄接过杯子喝水，觉得水有点烫，就拿着杯子走到茶几那儿，拿起晾杯往茶杯里兑了点凉水："咕咚咕咚"地喝了下去，然后，躺在床上，拉开台灯，拿起一本杂志看着。这是多年的习惯，常常是看一两个小时的书才慢慢地进入梦乡。过了一会儿，手里的那本杂志　"啪"地　一声落在地板上。

山野里，一条狗卧在一间茅屋旁，懒洋洋地晒着太阳，几只鸡在草丛中沙土里悄无声息地觅食。远处的树林中，隐约可见另外的几间茅屋。

唐尔黄的妻子从山沟小溪里舀了半桶水提着回来。

不远处的地方，有石块盘着一盘火，火口上坐着一把茶壶，茶壶嘴往外飘着一缕一缕的热气。

一张石桌旁，唐尔黄、赵和玉聚精会神地对弈。赵和玉手里摇着一把扇子，悠悠地摇……

马明高、武教练几个人坐在旁边观棋。

山风徐徐……远处的山坡上，姹紫嫣红，犹如一幅油画。

隔了一会儿，茶壶嘴发出"滋滋"的响声。

唐尔黄的妻子拿着茶壶冲了几杯茶，走过来放在另一张石桌上，招呼他们几个人喝茶。

申秀亮、郝斌慢悠悠地用小盅品茶。唐尔黄、马明高、武教练慢慢地抽着烟，陪伴着赵和玉的思考。赵和玉的嘴里喃喃着："下一手下哪儿好呢？"看来，他遇到了难题。

往常，唐尔黄可能会催促对手快点走棋，如今，大家都退休了，最富裕的便是时间。考虑吧，慢慢走，想好了再走。

武教练扭过头来对马明高说："唐站长、赵总的棋力，现在达到业余四段了。"

马明高点点头回答道："差不多！哪天，咱们四个人或六个人下联棋，有意思。"

正在品茶的申秀亮说："好，下联棋，能培养一种团队协作精神。"

唐尔黄说："等下完这盘，咱就下联棋，咋样？"

"好！"郝斌说。

望着熟睡中的丈夫，妻子想，以前丈夫休息前总是看书。他说是休息前的准备，是拖拉机发动前那段时间的启动。看这看那的，神经衰弱得睡不着觉。今晚，这么快就入睡了。她走过来弯腰把掉在地板上的那本杂志捡起来，用手轻轻地拍了拍杂志的封面，然后把它放在旁边的床头柜上。